主编 凌翔　　　　　　　　当代著名作家美文自选集

水车转啊转

蒋坤元 著

民主与建设出版社
·北京·

© 民主与建设出版社，2019

图书在版编目（CIP）数据

水车转啊转 / 蒋坤元著 . —北京：民主与建设出版社，2019.12

ISBN 978-7-5139-2758-1

Ⅰ . ①水… Ⅱ . ①蒋… Ⅲ . ①散文集—中国—当代 Ⅳ . ① I267

中国版本图书馆 CIP 数据核字（2019）第 247856 号

水车转啊转
SHUICHE ZHUAN A ZHUAN

出 版 人	李声笑
著 者	蒋坤元
责任编辑	周佩芳
封面设计	陈 姝
出版发行	民主与建设出版社有限责任公司
电 话	（010）59417747 59419778
社 址	北京市海淀区西三环中路 10 号望海楼 E 座 7 层
邮 编	100142
印 刷	唐山楠萍印务有限公司
版 次	2020 年 1 月第 1 版
印 次	2020 年 1 月第 1 次印刷
开 本	710 毫米 ×1000 毫米 1/16
印 张	13
字 数	200 千字
书 号	ISBN 978-7-5139-2758-1
定 价	49.80 元

注：如有印、装质量问题，请与出版社联系。

目 录

第一辑　父亲老蒋

降生在战乱的土地上　002
饿了一天　004
罱河泥　006
你再敢打我娘　008
三天三夜踏圩车　010
20岁：结婚篇　012
20岁：入党篇　014
抢救洋风车　016
到哪里都不要紧　018

面对气灯爆炸　020
下田插秧　022
开河工地　024
广播喇叭　026
娘的思想工作我来做　028
大舅舅做队长　030
到落后大队去　032
吃老鼠肉　034
他是孤寡老人　036
雹中救牛　038
瓦薄一点没啥关系　040

哥哥食指断了　042
哥哥吃坏肚皮了　044
大衣不见了　046
谁家的苦草味　048
你是雷锋干部　050
你不要走啊　052
就像亲兄弟　054
父亲与谢文熊　056
父亲与"黑面孔"　058

历年"透支户"　060
难与人说　062
我曾是放牛娃　064
穷造房子　066
点亮一盏灯　068
掘黑泥　070
哥哥辍学种田　072
飞来一场横祸　074
天塌下来，我们自己扛　076
两头小猪哪来的　079
蹲点在最穷的小队　081
做好传帮带　083
甘当绿叶　085

天津之行　087
想在农科站做到退休　089
雄关漫道真如铁　091
要团结　093
最丢脸的精简　095
又调动工作了　097
桃花源里　099
英雄末路　101
闲着也是闲着　103
又一个春天　105
老树新枝　107
很负责任　109

要做就做好　111
要与阿勤商量好　113
哪能要儿子的利息　116
不肯闲着　118
不要为我花钱　120
又做联队队长　123
看看"人民公社"　125
什么毛病查不出来　127
父亲说，我要出院　129
没想到　131

把氧气瓶拿走　133
　　要给母亲看病　135
　　最后的豆腐花　137
　　阿爸，跟我们回家　139

第二辑　儿时的夏日风情
　　儿时的夏日风情　142
　　关于村庄里的一些树　143
　　小小放牛娃　145
　　拉石磨　147
　　祖父的草鞋　148
　　花生香　149
　　祖父与火柴　150
　　水缸　151
　　绣花鞋　153
　　水车转又转　154

第三辑　吴歌情意
　　卖余粮的故事　156
　　吴歌情意　159
　　又见炊烟升起　161
　　农家屋檐下　164
　　摇纱机　166

养猪　168
脱粒场　171
割稻　175
黑白电视机　178
吃黄糊　180
社员大会　182
我家的老房子　185

沉重的河泥　188
苦草　191
拖拉机手　193
文艺宣传队　195
民兵突击队　197
暗渠道　199

第一辑　父亲老蒋

　　父亲，你的名字叫蒋荣根，你把自己的一生都无悔地献给了故乡这一片土地，你不是一棵参天大树，你是一棵默默无闻的老树根，但我知道，你扎根在土地里，不会像浮萍一样飘浮，也不会像麦浪一样涌来涌去。

　　我们歌颂胡杨，是因为它有三千年的顽强。活着不死一千年，死了不倒一千年，倒下不朽一千年。

　　我歌颂你，我的父亲，是因为你就是这一棵老树根，至少你有三百年的顽强，活着不死一百年，死了不倒一百年，倒下不朽一百年。

　　父亲，你任劳任怨、朴实无华的叫人不安，像一棵老树根使人们在喧嚣的尘世里不敢伪善，不敢懈怠，更不敢穷奢极欲。而在我的眼里，父亲更像是一座路标，一直指引着我前行，在坎坷崎岖中不断前行！

降生在战乱的土地上

1936年6月27日，在渭泾塘娄子头（今渭塘镇骑河村）茶馆，农民顾志安揭竿而起，他拿了一块栅板就朝国民党武装警察头上狠劲地砸去，那家伙拔枪还击，顾志安身中两枪，倒在血泊中。几乎同时，农民徐才云一个箭步冲过去，夺下了另一个国民党武装警察的枪，但他不会开枪，被身后一个国民党武装警察开枪击中，也随声倒下。农民徐伯谦眼见两兄弟被打死，奋勇地带领众多农民用木棍、扁担等工具跟敌人殊死搏斗。国民党当局闻讯又派出保安队前往镇压，又开枪打伤了徐伯谦。娄子头农民仇恨的烈火越烧越旺，茶馆门前撕打声、哭喊声乱作一团，一个保安队士兵被一农民咬得鲜血直流……敌人见势不妙，一边朝天鸣枪吓散农民，一边夹着尾巴朝罗神庙方向逃跑。

这次抗租斗争中，农民先后打伤武装逼租者11人，2个农民被打死，8人身负重伤。此后较长一段时间内，国民党的武装警察与保安队再也不敢到娄子头穷凶极恶逼租了。

娄子头有个大地主叫杨某，他有土地一百多亩，还有几十亩鱼塘与水面，他勾结国民党武装警察，对乡民实施无情的压迫，终于激起了这一次农民起义。

娄子头附近还有一个陈姓地主，我的祖父叫蒋慎伯，他不识一字，从8岁开始就在陈姓地主家里做长工，一开始替陈姓地主看牛，他吃住都睡在牛棚里。祖父14岁那年，一条母牛过渠道摔断了一只腿，陈姓地主叫人把祖父吊在牛棚的梁上，打得他皮开肉绽。

那一天，是1936年3月11日，在娄子头附近2公里的一个小村庄船了浜，我的父亲出生了。船了浜，一看这地名就知道这个地方是离不开船的，它四面环水，是一个经常遭受水灾的村庄。祖父不识字，便找到村上一个识字的人叫他取名，那人说就叫蒋荣根吧。也许，这孩子是来给你们蒋家光耀祖宗的。

祖父大喜，说这个名字很好。

据说祖父的祖父曾是地主人家，但有人眼红了，将一个死人丢在我们蒋家的田里，结果招来了一场飞来横祸，蒋家从此败落。

难怪我家小时候住的房子是一座四合院，有前厢房后厢房，有东厢房西厢房，还有天井、花窗，很像一户有钱人家啊。

饿了一天

1952年秋的某日，父亲与村里的几个积极分子应邀到湘城街上参加阳澄区生产骨干分子大会，同行的有其他五个男同志，还有两个女同志，那时候也没有什么交通工具，都是靠两只脚步行的。而船了浜到湘城街大约有十几公里远，所以天不亮，父亲就爬起来，然后与其他同志一块向湘城街走去。

本来预定会议是召开一个上午，所以父亲他们并没有带午饭，但是会议突然延长了，几百号人都没有吃一口午饭，连台上做报告的干部也没有吃午饭。做报告的一位干部在台上说：我们不吃一顿午饭，人是不会饿死的，工农红军几天几夜不吃不睡，还是能走过雪山，走过草地，人主要是靠一种精神，人如果没有一点吃苦精神，做什么都不行！

有的人实在饿得不行了，便偷偷地跑到河边捧河水吃。

晚饭不吃，还得开会，因为渭塘乡的领导也在，所以没有一个人可以提前退场。

"蒋教员，我们先走吧，我实在饿得不行了。"有人对父亲说。父亲当时是村里扫盲班的小教员。

"再坚持一下吧，会议应该很快结束了。"父亲说。

"他们年纪大，肚皮饿饿不要紧，我与你是小年轻，饿坏肚皮到时儿子都生不出来，犯不着啊。"

"可是大家都没走，我们先走影响不好！"

父亲坚持不提前走。

会议一直开到夜里8点多钟才宣布结束，这时天已经漆黑一团了，父亲他们一天没吃东西，饿得眼冒金星，双腿发软。有人提议先到湘城街上买点东西填饱肚皮，但发现没有一个人身上带钱，这里举目无亲，看来只好饿着肚皮上路了。

有人提议"逢水过水"，即遇见小河挡道就游泳过去，这样就是为了抄近路，少走路，早点到家。

父亲问："我们男同志可以游泳，你们两个女同志怎么办？"

女同志甲说："妇女能顶半边天！你们男的能游泳，我们女的也能游泳。"

女同志乙说："天这么黑，我们女的赤膊也不怕你们男人看了。"

父亲说："好，前面就是一条河，我们游泳过去。"

父亲一手托着衣服，一手划着水，他游在最前面，中间是两个女同志游着，后面是其他几位男同志，他们一边游泳，一边保护着前面两位女同志。秋天的河水有些冷，当父亲与他们赤膊爬上岸时，身子冷得直发抖。

真是又冷又饿啊！父亲回忆此事时说，男人饿点冷点没有什么关系，只是这两个女人却受罪了。

罱河泥

在互助组里，什么脏活累活，父亲都要干，由于他工作表现出色，在1952年年底光荣地加入了共青团，并很快就被提拔为骑河村团支部书记。

说起农活，最累的应该说是罱河泥，一般罱河泥的都是三四十岁的壮年，十七八岁的青年人几乎是不罱泥的，因为青年人正是长身体的时候，怕就怕干这种累活而影响了身体发育。但父亲顾不了这些，为了追求上进，早日向党组织靠拢，他豁出去了。

每天一早，父亲就与村上一个老头摇船去大运河，那老头有气喘病，干不了什么重活，连摇船也感觉累，所以父亲与他搭档更是劳累，来回摇船都是父亲撑舵，而那老头有时候就坐在船尾抽水烟。

父亲说："你有气喘这毛病，应该不能抽水烟了。"

老头说："不抽水烟，心里更不舒服。"

父亲说："你这样抽下去，等你老了怎么办？"

老头说："活一天算一天，我的父亲活了63岁，我能活过我父亲这年纪也就满足了。"

父亲说:"那你就少抽一点水烟吧!"

罱河泥回来,总能在船舱里找到一些小鱼虾,老头对我父亲说:"这些鱼虾我俩平分吧。"父亲没有答应,他说:"这些都是小鱼虾,我不要,就全部给你吧,你身体不好可以补补身子。"

老头说:"你比我儿子对我还要好!你这个小伙子胸怀大,良心好,以后必然能成大器。"

祖母不舍得我的父亲,她对父亲说:"你这样罱河泥是要中病的,中病了一个人就万事报废了。"后来,祖母自告奋勇要摇船,这样父亲与祖母搭档罱河泥了。

这时,父亲罱河泥也是老手了,他换了一个大的罱河泥包,而这事没让祖母知道,如果祖母知道,她肯定又要指责父亲了,她会说:荣根啊,身体是自己的,干活是一生一世的事情,不要想一口气把什么活都干完啊!

果然,一个月后祖母发现了这一个"调包计",她火了,对父亲说:荣根啊,互助组里那么多人,有哪个像你这样干活不要命的?

父亲说:"我与他们不一样,我要追求进步,我应该比他们跑在前面。"

别人一天罱4船河泥,父亲一天至少罱6船河泥,那时可还没有实行"多劳多得"呢。你看,我父亲年轻时候,思想觉悟那么高,村里的人都夸奖父亲,他是一个十分上进的年轻人,前程光明!

你再敢打我娘

　　1953年夏天的某个夜晚，祖父从外面喝酒回来，他横躺在床铺上，祖母在灶间给他煮开水，那柴禾是油菜秸，在灶膛燃烧时发出啪啪啪的声音，祖父被吵着了，他从床铺上暴跳起来，对祖母骂道："老子想睡觉，你搞什么，还不给我滚得远一点。"

　　祖父是旧社会过来的农民，他不识字，新中国成立前给地主打长工，养成了脾气暴躁的恶习，稍不如意就对祖母拳打脚踢，祖母为了这个家只好忍辱负重。

　　以前，祖父打祖母的时候，父亲哭叫着拉过祖父几次，叫他不要打娘了，但祖父没把父亲放在眼里，认为他只是一个"小孩子"成不了什么大气候。

　　那天晚上，父亲从外面回家，看见祖母倒在灶间在哭，满脸是血，一只眼睛的眼皮破了，旁边大姑妈、小姑妈都蹲在祖母边上流泪。

　　"是不是爸爸打的娘？"父亲问。

　　"是爸爸打的娘，我与妹妹拉也拉不住。"大姑妈说。

"他人呢？"父亲又问。

"他刚才还在的。"大姑妈说。

"哥哥，爸爸没啥理由动不动就打我娘，你要站出来，为娘讨一个公道。"小姑妈对父亲说。

"你去把爸爸找回来。"父亲对小姑妈说，他话音没落地，祖父回来了，他酒仍没醒，嘴巴里骂骂咧咧的。父亲问祖父道："我娘是不是你打的？"

"是我打你娘的，没把她打死已经是看在你们三个小孩面子上了。"祖父说。说完，他又冲到灶间，对祖母踢了两脚。父亲冲了过去，一把抱住他说："你再敢打我娘？我对你不客气！"

父亲心里想，我娘为了蒋家辛辛苦苦，而你却这样蛮横地对待我娘，天理不容。现在我不为娘做主，娘就没法活下去了，必须挺身而出，为母亲伸张正义。

于是，他对大姑妈说："你快去拿一根绳子来，我今天要把这家伙捆起来，再不能让他发酒疯欺负我娘了。"

两个姑妈连忙找来绳子，又去隔壁叫来我的公公蒋传伯，他们将祖父捆得严严实实，然后拉到一棵树的旁边，又用绳子将他绑在这一棵树上，祖父像一头猪嚎叫着。

就这样，祖父被绑在树上一夜，第二天，大姑妈才上去解开了他的绳子。从此以后，他再也不敢殴打我的祖母了。他知道，儿子大了，儿子的心里母亲是最重要的。老话说，宁可跟讨饭的娘，不愿跟做官的爹！村上的老人都说，荣根打他老子蒋慎伯打得好！

三天三夜踏圩车

  1954年6月，渭塘地区洪涝灾害严重，当时水位多少无资料记载，但船了浜的村庄都是一片汪洋，家家户户都进入洪水了，许多农户是低矮的平房，因为平房泡在洪水里危在旦夕，骑河村领导心急如焚，他们一边组织劳力加固船了浜村庄四周的堤坝，一边动员男女老少齐上阵，把村庄里的积水排泄出去。

  父亲冲在最前面。

  他挨家挨户动员农户把自家的水车、风车、圩车等农具拿出来。我的公公蒋传伯家有一台圩车，父亲去动员他把圩车借出来，公公眼睛一瞪，说："你是村里什么领导？"

  父亲说："现在洪涝这么厉害，我们都应该有钱出钱，有力出力？"

  公公说："我早对那些村领导说的，把船了浜村庄圩堤修修好，如果发大水，村庄要淹没的，他们把我的话当作耳边风，现在洪水来了就临时抱佛脚，要我们老百姓有钱出钱，我即使有钱也不会掏一分钱出去的。"

父亲说:"叔叔,现在不要你掏钱,只要把你家一台圩车借出来就可以了。"

公公死活不答应。他与我的祖父一样都是一根筋,他们想做的事情十头牛也拉不回。

父亲不甘心,知道公公喜欢喝酒,于是他买了一瓶白酒找到公公,他要想尽办法把这一台圩车借到手。父亲对他说:"叔叔,送你一瓶酒。"公公知道是"糖衣炮弹",他接过白酒笑眯眯地说:"看在这瓶白酒份上,这圩车我借给你了,不过丑话讲在前头,如果你们把这圩车搞坏,那可得赔我一台新的圩车。到时候不要说叔叔不给你面子。"

父亲说:"如果搞坏你的圩车,村里不赔你,我来赔给你!"

后来,公公私下对村里人说:"我的侄子荣根以后是当干部的一块好料子。"他对父亲是非常看好的!我的祖父这次是非常支持父亲工作的,他到永昌村亲戚那里借到了2台圩车,真是雪中送炭。

在船了浜四周圩岸支起了无数的水车、风车、圩车,全村男女老少都出动了,而老天仍在下雨,河水仍在不断上涨,所以许多乡亲只好夜以继日连续作战,父亲三天三夜踏圩车,有人劝他睡一会儿,身体要吃不消的。父亲说:"没有关系,我年纪轻,几天不睡觉挺得住的!这个洪水不退去,我就不下战场!"

祖父跑过来对父亲说:"你回家睡觉去,我来踏圩车。"

父亲仍然没有回去!村领导与群众都夸他是一个有钢铁意志的年轻人!

20岁：结婚篇

1955年，父亲20岁了，他娶了太平桥吴外浜顾瞎子的长女大金妹，我的阿姨则叫小金妹，身份证上这一对老姐妹叫同一个名字顾金妹，你说好笑不好笑？没有文化真好笑，姐妹俩名字哪有叫一模一样的？我家有个邻居更好笑，他家是解放前从浙江逃荒过来的，祖上本来姓黄，到了苏州后保长问他，你姓啥？他说姓黄，但不会写。保长说，那你姓王吧，这个三划王写法简单，就这样他把黄姓改为王姓了，这是题外话。

那时候，还没有办结婚证，所以到现在父母亲还是没有结婚证的。那时候，没有结婚证的却能相亲相爱一辈子，而现在有了结婚证却离婚的夫妻越来越多，世界上有的事情是说也说不清楚的呀。

我的父亲与母亲这门亲事，还是祖父与外祖父一块在阳澄湖耥螺蛳时"一言为定"的。

有一天，我曾问母亲，父亲娶你时，有没有彩礼什么的？

母亲说，一分钱也没有拿着你父亲的，只拿着几块布，这些布还是你祖母在上海吃人家饭时，她留心买好的。

我还问母亲，那办过结婚仪式吗？

母亲摇头道，你父亲与你祖母走到你外公家，对你外公说，叫大金妹穿一件好点衣服跟我们去船了浜吧，我就这样自己走过来的，一桌酒席也没有办。

母亲还说，我嫁给你父亲吃亏了，嫁过来时，房子只有一间半，饭米吃了上顿没有下顿，而且你祖父脾气不好，经常把橱里的碗筷甩到河浜里，说一句笑话，别人家没钱买碗，他们就到我家的河埠来摸饭碗，他们总是不会空手而返的。

我是不太赞成母亲这个说法的，她没有文化，一点眼光也没有。所以，我对母亲说，你一字不识，父亲是一个识字的人，父亲那时候已经是小小的知识分子，他能够娶你这个文盲，我看父亲这个人已经是高风亮节了。

父母亲结婚第二年，母亲便有喜了，十月怀胎，一朝分娩，她生下了一对双胞胎，而且都是男小孩，可是孩子生出来才一天，这两个男小孩都夭折了，母亲与祖母为此哭得死去活来。母亲说，那时候医生本事小，如果像现在这样医生有本事，这一对双胞胎就能活下来的，他俩是你祖父扎了一个稻柴棺材安葬的，真的是一万个不舍得。

我的弟弟云元对母亲说：如果这两个哥哥活下来，那么就没有我与坤元哥哥了，你说是不是？我的哥哥炳元对母亲说：你生着我这种儿子有或者没有无所谓的，但生着坤元与云元这样的儿子，一定是你前世修着的福。

对了，母亲结婚的时候才16岁，她与父亲年龄相差4岁。她嫁过来后，就在初级社里参加农业劳动生产，什么苦活与累活都要干。

有什么样的男人，就有什么样的女人。

有什么样的女人，就有什么样的男人。

父亲是一个顶天立地的男人，母亲就是一个顶天立地男人背后的一个女人！

20岁：入党篇

1955年9月，父亲光荣地加入了中国共产党，成了一名年轻的共产党员。

父亲的入党介绍人有两个，一个是蒋万和，他当时是骑河村副村长，后来升任吴县县委领导，我小时候不止一次见过他的，他是矮个子，胖胖笃笃的身材，他对父亲说，好好培养小孩，小孩子长大后一定要叫他入党，这样有组织培养，小孩子就不容易变坏。父亲觉得他说的话就像毛主席语录一样英明伟大；还有一个是宋宝元，他是我的大姑父，一个一生穷得叮当响的农民，他与我的大姑妈结婚的时候，一间房子也没有，用祖母的话是"上无片瓦，下无寸地"，可是为什么大姑妈会嫁给这样的穷光蛋呢？因为祖父喜欢喝酒，而大姑父也喜欢喝酒，祖父觉得能喝酒的男人，就是有作为的男人，加上当时宋宝元是村里的预备领导，他的工作才能，也得到祖父的肯定。虽说祖母反对这门亲事，但祖父独断专行，并不把祖母放在眼里。

父亲入党了，祖父特别高兴，他一个人在娄子头小店买了一瓶白酒，还要了一包五香豆,一个下午将一瓶白酒喝得精光,结果他烂醉如泥,倒在路边呕吐了,正好有一只狗经过,就舔他嘴角的呕吐物,祖父以为是有人在逗他玩,抹着嘴巴说:"你别跟我闹着玩呢,你走开!"他继而又昏睡过去。

上述故事是村里人告诉我的,祖父有许多这样的故事,有些故事真让人啼笑皆非,他一个不识字的农民,也就那么一点素质,也就那么一点觉悟。

然而,像这样一个老大粗的人却有父亲这样优秀的儿子,也是一件挺不可思议的事情!村上人说,你祖父是一个不负责的人,而你祖母是一个能干又持家的女人,看来父亲的性格像祖母多一些,祖母的吃苦耐劳与忍耐都传承给了我的父亲!

当祖母得到父亲入党的消息,她除了惊喜,就是觉得有必要关照儿子几句。晚上,父亲回家,祖母对他说:荣根,你是党员了,你跟着毛主席闹革命,我放心,但你心里要想着大伙儿,以后上级培养你,你做干部了,你的手不要伸,不要贪污,要清清白白做人,要对得起共产党!

父亲牢记祖母的话,他在日记本里写道:我要永远听党的话,做一个优秀党员,一生为人民服务!

这是母亲对我说的一件事:你父亲刚入党,还不是什么干部,他的思想觉悟好的不得了,有一天晚上他从村里回来,看到长鱼塘有人在偷鱼,他大喝一声:"你在干什么?"偷鱼贼丢下渔网逃走了,还丢下了一篓的鱼,父亲没有将一篓鱼提回家,而是将一篓鱼提到了村里,村里干部正好在开会,他们大吃了一顿,而父亲一点鱼汤也没有喝到!

母亲直说,你父亲傻不傻?

我回答母亲,父亲不傻,他给我们儿子一点点积累了这个好名声,而这种好名声是花钱都买不到的!

抢救洋风车

1957年，合丰第一初级社、第二初级社与其他几个初级社合并为伟丰第十二高级社，父亲是这个高级社的骨干分子，因为他又是一个共产党员，所以许多工作他都冲锋在前，一直战斗在生产第一线。

那天，父亲与社员王洪芳巡视到六直浜田头，突然西面乌云滚滚，天昏地暗，王洪芳是一个经验丰富的老农民，他急切地对父亲说："有阵头雨马上要来了，你看，那边有一台洋风车还在转着……"

父亲说："快点，我们去拉住洋风车！"

如果不拉住洋风车，这台洋风车的布蓬被雨水淋着，那么便毁了。

现代人都不知道什么是洋风车了。小时候，我见过洋风车的，洋风车有5扇大蓬，风吹动大蓬，大蓬动则带动水车转动，水车转动则将河里的水源源不断地转到岸上来了，在那个贫穷的年代，老祖宗还是想出这么一种种田的办法，想一想，这便是一种智慧。

父亲与王洪芳一口气跑到洋风车跟头，王洪芳一个箭步冲上去，他想拔除那个大蓬的插销，让大蓬自然降落下来。那个插销是一根细长的竹子，或许是王洪芳用力过猛，那竹子突然断裂了。

父亲说："我来试试看。"

他抽动那根竹子，竹子被他抽出来了，大蓬一个个在降下，不想一阵狂风吹来，有一根绳子牵住父亲的身子，就这样他随洋风车转了上去，王洪芳在地面急得直跺脚，他连声说："快抓住风车，快抓住风车……"

父亲被转到了最高端，大概离地面有10多米的高度。他就是从这么高的地方摔了下来，结果他摔得不能动弹，王洪芳连忙叫人把父亲送到乡里医院，不幸之中的万幸，父亲只是腰盘骨折，医生嘱咐他在家休息3个月。

母亲知道父亲摔伤住在医院，她见到父亲哭了，父亲说："洋风车没坏，我受一点伤没有什么关系。"

母亲说："你摔成重伤，谁来养你？"

父亲说："我不是没有摔成重伤吗？"

母亲说："等你伤好了，以后就不要这样拼命工作了，你连自己的命也不顾，你心里还有我吗？"

父亲用自己的身体抢救洋风车的事迹很快在吴县传开了，当时《吴县报》记者前来采访我的父亲，父亲对记者说，如果要写报道应该写写社员王洪芳，是他第一个发现了那一台洋风车的……后来，《吴县报》以整版篇幅报道了父亲与王洪芳齐心协力抢救洋风车的事迹。小时候我见过这一张报纸的，不知道后来怎么丢失了，不然这一张报纸对我家来说，就是一个"传家宝"。

父亲这种大公无私的美德与勇敢精神传给了我们这一代人！

到哪里都不要紧

那一场抢救洋风车事件后,父亲从十几米高的洋风车上摔成重伤了,医生叫他在家休养3个月,但他只在家里休养一个月不到。因为上级派他到吴县师范脱产读书。

母亲听别人讲,父亲出去读书,以后就到别的公社做干部去了,所以母亲哭哭啼啼,她竟然不愿意父亲去读书。祖母却十分开明,她对母亲说:"托共产党的福,荣根才有机会去读书,解放前这是想也想不到的。"

母亲说:"以后他读书出来后,到别的公社工作怎么办?"

祖母说:"这个好办,荣根到哪里,你就跟他到哪里,我也跟他到哪里?如果他不要你,我与你管不了他,但共产党管得了他,政府管得了他,人民公社管得了他,你有什么不放心的?"

祖母与母亲一块送父亲到吴县师范,学校地址在吴县黄埭公社,祖母叮嘱父亲:"你要好好读书,不能给蒋家丢脸。"母亲的脸色仍然有些不快,祖母对她说:"要不要我去求求公社领导,你也到这所学校读书吧。"

祖母是与母亲开开玩笑的。

母亲一字不识,她以为祖母真的要送她到黄埭来读书,她急了,连忙摆手道:"我不识字,跟不牢读书(进度)的,我还是做农活应付的过来。"

母亲表态不拖父亲的后腿,支持父亲好好读书。

父亲在那里读书一年多,主要学习的课程是语文、数学、政治,还有《毛泽东选集》,还有马列著作。与他一块学习的同学有四五十人,临毕业的时候,县委领导给他们开会,县委领导说:"同学们,你们经过两年艰苦的学习,现在已经完成了学业,你们是建设祖国的栋梁,祖国建设需要你们,我们吴县需要你们,希望你们到祖国最艰苦的地方去,像螺丝钉扎根在基层,并发光发热,贡献自己的聪明才智。"

这些毕业生县里是包分配的,主要分配到各个小学,有的分配到中学,县里分配父亲到一所小学任校长,当征求父亲意见时,父亲表示愿意服从上级分配,到哪里都不要紧。

父亲便到那一所学校做校长去了。可是没几天,渭塘公社领导特地来到学校,对他说,你回到渭塘来吧,我们需要你这样的"高级知识分子",渭塘公社党委对你另有重用。父亲没有犹豫,当即对公社领导说:"我服从组织调动,听从党的指挥,党指向哪里,我就冲向哪里。"

面对气灯爆炸

父亲当了第四营副营长后，白天他与群众一样下田劳动，夜里他与其他干部、骨干分子聚在一起开会。那时候，干部开会都是利用夜里时间，几十个人聚集在一起商量营里的生产情况，布置明后天的生产任务。

那时候，还没有电灯。

但天无绝人之路。

那时候，流行一种气灯，这种气灯是用煤油燃烧的，但必须将布灯泡充满一包气，所以叫气灯，而充气全靠手工作业的，像打自行车轮胎的气一样。那个气灯挂在梁上，比现在的电灯还要亮，只是它的光线是白白的。大凡社里开会，都要高挂一只气灯，大人们在灯下商量高级社的事宜，而孩子们在灯光下翻纸拍子比输赢，女人们则在灯光边缘有的纳鞋底，有的聊山海经，十分热闹。

大约是1957年11月，这天夜里，营里要召开积极分子大会，父亲与其他几位同志布置会场。

父亲负责会场标语。

群众陆明杰与另外一位群众负责气灯，他俩在会场给气灯加煤油，然后给气灯打气。陆明杰喜欢开玩笑，他对另外一位社员说："气灯像人，没有气就不亮的，人没有气就死了。"

那个群众说："人还不如气灯，因为人不好打气，如果人没有气了，能够像这个气灯打气那应该多么的好。"

"好什么呀，到时候人没气了可以打气，那世界上老棺材越来越多，人都不死了，地球怎么办？"

父亲在一边张贴标语，与他们有十多米远，所以他们讲什么，他没有听见。但他听见了"砰"的一声，然后是一个人着火起来了。父亲一看是气灯爆炸了，并且火势烧着陆明杰了，他一边跑，一边脱下自己身上的中山装，将陆明杰的身体用衣服包住，他身上的火扑灭了，但陆明杰的头发都烧焦了，身上胸前与臂膀都被烧伤了。

父亲连忙跑到村里向一个农民借了一条小木船，再叫了两个农民一块摇船将陆明杰急送街上医院抢救，在船上，父亲搂着陆明杰的身子，对他说："你要坚持一下，可能只是皮外伤，医生包扎一下就会好的。"

很庆幸，由于父亲面对气灯爆炸，他十分果断与勇敢，扑灭了伤者陆明杰身上的火势，他烧伤并不严重，否则的话，将陆明杰烧成重伤也是有可能的。

只是父亲一件新的中山装被烧得"千疮百孔"了。

下田插秧

1959年插秧时节，渭塘公社党委副书记朱振华要到劳动大队来视察，他要察看生产小队插秧进度。父亲得知消息后报告大队书记，请他拿主张，大队书记对父亲说："你陪他去参观田头吧，这个人蛮难对付的。"

父亲说："我看朱书记蛮和气，有什么地方不好对付？"

大队书记说："他与我大老粗讲不到一块去。"

大队书记识字不多，而朱书记是教师出身，当时的文化水平属于很高级别了。有一次，大队书记在会议上向朱书记汇报工作，他讲话结结巴巴的，朱书记当着另外十多个大队书记的面对他说："你这样讲话吞吞吐吐的，不知道你怎么向人民群众宣传毛泽东思想与我们共产党的路线方针政策的？"说得大队书记脸色红一阵白一阵。

朱书记来了，大队书记避而不见，父亲就领着朱书记来到了田头。

稻田里，有十几个妇女在插秧，还有十几个男人有的在耙田、挑秧，都在忙碌着。

朱书记与父亲立在田埂上，他问父亲："你会插秧吗？"

父亲回答："会的，我12岁就给地主放牛，什么农活都做过。"

"你是做干部的料子，做一个优秀的干部就要身先士卒，什么农活都要会做，我以前也是什么农活都做过，对于插秧，我的手脚很快的，不比这些女人慢。"

"真的吗？"

"我来插秧给你看。"说完，他脱了鞋子真的下到田里。

父亲看朱书记都下田插秧了，也卷起裤脚下到了田里，两个人跟在一群妇女后面插秧。

那一次，朱书记在田里插秧一个多小时。那些妇女看见公社党委副书记都在田里拼命插秧，她们插秧的劲头被激发出来了，结果那天她们比平时多插了3亩的秧苗。

第二天，父亲找来各生产队十几个队长到这一片稻田开田头现场会议，父亲站立在田埂上对大家说："同志们，昨天公社党委朱振华副书记亲自下到这一片水田里插秧，你们看那一排秧苗就是朱书记插的，按级别讲，他是公社党委，而我是大队支委，你们是小队长，但请你们好好想一想，你们当中有几个队长下过田插过秧？你们身上还保持有多少劳动人民的本色？"

父亲通过朱书记插秧的事教育生产队长都要热爱劳动，不能忘本！

开河工地

1959年2月，春节刚过，父亲便带领劳动大队50多名群众，参加太浦河分洪工程施工。别的大队是民兵营长带队去的，唯独劳动大队是由副书记带队，原因很简单，当时民兵营长空缺，父亲还兼任民兵营长。

那天，父亲正在河底挖土，公社党委副书记朱振华来到河底察看开河进度。他一眼认出了父亲，便走上去握着父亲的手，说："你辛苦了，你在开河工地干活，我们全公社的干部都应该向你学习。"

父亲说："干这种气力活，我习惯的！"

朱书记走上一步，对父亲说："你把铁锹给我，你休息一下，我来替你挖土。"

周围的群众得知公社党委副书记朱振华在挖土，他们干活更起劲了，工地的号子声一波接着一波起伏着。

朱书记挖了十几分钟土，手掌上有了一个血泡，他对父亲说："你手上有血泡吗？"

父亲说："没有。"

其实，父亲手掌里血泡连着血泡。

朱书记说："你伸手让我看看。"

无奈，父亲伸出了双手，手掌里血肉模糊。

朱书记说："你手掌里有那么多血泡，怎么还要自己挖土呢？"

父亲说："一个萝卜顶一个坑，如果我不挖土，就少了一个人挖土，就完不成上级下达给我们的挖土任务啊！所以，只要我不累趴下，我就要像愚公移山，挖土不止。"

朱书记说："你给我上了一堂很生动的课，我要组织各个大队书记都到开河工地来，让他们来看看，我们的干部，我们的群众在太浦河工地是如何不怕苦、不怕死的。又是如何生命不息，挖土不止的？"

两天后，朱书记带着全公社的大队书记与副书记来到了太浦河开河工地，父亲并不知道他们会来，所以他仍在河底挖土。这时几十个大队干部出现在他的面前，朱书记第一个握住他的手，说："你辛苦了，等会儿我开会讲话，你把你的手掌举起来给他们看看，让他们看看你一个大队副书记在困难面前表现出来的英雄气概。"

父亲说："我的手掌还好，其他群众比我还多血泡呢。"

朱书记说："因为你是干部，你本来是不必要亲自挖土的，你比他们更难能可贵！我要号召全公社的大队干部都向你学习，同时要求他们今天也来这里挖一天土，体验一下挖土的辛苦，不要一天到晚身在福中不知福！"

父亲就这样做了一回开河工地的"活教材"。

广播喇叭

大约是 1959 年夏季，渭塘公社家家户户通上了广播喇叭，而劳动大队因为有 14 个生产队，工作量特别大，为了每户农家通上广播匣子，父亲与其他干部花费了很多心血，吃了不少的苦。

当时，有某个大队干部提出，一人一户的人家不要单独安装广播喇叭了，父亲说："这样不行，以后大队或者生产队开展工作，他们或许会借口不知道而不执行的。反正这样的人家也不多，就统一安装吧。"

大队书记赞成父亲的意见，所以大队研究决定不论人多人少，全部统一全部安装广播喇叭。大队任命父亲为安装广播喇叭的队长，他手下的队员就是 14 个生产队队长与副队长，还有各队的妇女主任与民兵营长，这支队伍都是生产队的精兵强将。

1 队与 2 队在偏僻的地方，离大队部较远，父亲把这两个队的队长找到大队部，对他俩说："你们找一些群众过来，先把广播电线架起来，然后才可以逐户安装广播喇叭。"

1 队队长说，可以。

2 队队长说，不可以。

父亲问2队队长："为什么不可以？"

2队队长说："你是大队副书记，我想问你一句，其他生产队架线都是大队架的，而我们两个生产队为什么要自己派人架线呢？你们做干部的做事要一碗水端平。"

父亲说："其他生产队离大队部比较近，就你们两个队比较远，大队的意见是叫你们抽调部分群众协助架线。如果你不派人架线就会耽搁安装广播喇叭的进度，上级就会来查处，这个后果是谁也承担不起的！"

2队队长说："你不要用上级的帽子压我，我不怕。"

他就是不愿意派群众架线。

父亲听了就生气了，绷紧脸对他说："这是大队党支部研究的统一意见，你不执行大队的命令，我建议大队撤销你的生产队队长职务，你自己考虑清楚。"

两个队长闷闷不乐走了。

当天夜里，父亲摸到2队队长家里，对他说："今天我的脾气不太好，对你说了生气的话，我向你道歉。"

2队队长没想到父亲会登门道歉，他也是一个直性子，深深地被感动了，对父亲说："书记，不是你的错，是我不对，对大队的决定，我作为一个生产队队长要自觉服从，不可以有抵触情绪的，再说安装广播喇叭利国利民，是一件大好事，我更应该大力支持才对呀！"

他又说："明天我就派人架线去。"

父亲握着他的手说："谢谢你支持大队的工作，等架线安装广播喇叭结束，我请你到我家里喝一盅酒。"两个人笑了，就像亲兄弟一样呵！

那一年，我的哥哥出生了，母亲说，你哥哥出生的那一年，大队通了广播喇叭，你父亲在生产队检查工作，就是大队干部通过广播喇叭找到你父亲的，那个大队干部在广播喇叭里喊道：蒋书记，请你马上回去，你家属给你生了一个大胖儿子，你听到广播马上回去，请各位同志听到广播后相互转告……

娘的思想工作我来做

"娘的思想工作我来做。"这是父亲对小姑妈说的一句话。

1959年,渭塘公社第一批支边59人,其中就有小姑妈一家三口,当时他们的儿子巧生还不到一岁(巧生2岁时病故)。小姑父与他的父亲相处不好,因为他的母亲早逝,他的父亲便娶了一个后娘,而后娘又生了3个孩子。有一次,小姑父与他的父亲用扁担打起来,幸亏被邻居拉开,要不然出大事情哉。

当公社领导动员青壮年去新疆支边时,小姑父便第一个报名,小姑母却哭了:"儿子还抱在手里要吃奶水,我们这样去边疆无亲无眷,叫我们到那里怎么活?"

小姑父说:"我看见后娘就气,一天也不想待在家里了!"

小姑妈说:"我们不与他们一个大门进出,开一个后门与他们就不碰头了,何必把我们的房子让给他们呢?"

小姑父说:"我们不走,难道你想我与老死鬼打得你死我活吗?"他将他的父亲称作"老死鬼"。

小姑妈暗暗叫苦，她知道小姑父是犟脾气，决定了的事十头牛也拉不回来。所以，最后姑妈不哭了，她决定跟着小姑父去新疆支边，到祖国最需要的地方去！但她仍然是犹豫的，不知道如何将这个事情告诉我的祖父、祖母？

她找到她的哥哥，即我的父亲，对他说："哥哥，风歧想带我与巧生支边去新疆，我还不敢告诉父亲与娘。他们知道我去支边，肯定不会放我走的，哥哥你说我应该怎么办？"风歧便是我的小姑父，他叫徐风歧。

父亲十分惊讶："这事已经决定了吗？"

小姑妈回答道："表格都已填好，就等正式通知了。"

父亲说："估计父亲与母亲是不会同意你们去支边的，但又不能不告诉他们，这事有一点难办？"父亲对祖父、祖母的脾气一清二楚，祖父虽说脾气暴躁，但对自己的三个子女还是疼爱有加。父亲说过，祖父经常打祖母，但对三个子女从来没有打过一记。

小姑妈说："求求哥哥做通父亲与娘的思想工作吧，只有哥哥出场，他们才会同意放我走（支边）。"

父亲想了想，说："好吧，娘的思想工作我来做。是的，只要做通娘的工作，父亲的工作也应该做得通。"

于是，父亲对祖母说："支边是上级党委的号召，妹妹与妹夫响应党的号召支边，这批有五六十个同志去支边，以后还会有很多同志会支边，晚支边还不如早支边。妹妹怕你担心不敢对你讲，现在你知道了也不要有什么情绪。如果他们在新疆生活不适应，过一段时间可以申请返回来，所以请娘支持妹妹去新疆支边吧……"

祖母抹泪同意了，她老人家活着的时候经常说："我有两个女儿，大的在身边（嫁给本生产队的一个人），小的在天边（嫁到了新疆），连走个亲戚都没有啊。"

大舅舅做队长

我有3个舅舅,他们的姓却不相同,大舅舅到劳动大队14队做上门女婿,所以他改姓为王;二舅舅姓顾,他的姓是跟外公的,他算留在家里;小舅舅也到劳动大队11组做上门女婿,所以他改姓为袁。因为外祖父很穷,所以他只好让两个儿子出来做上门女婿,还有我的小姨妈小时候也送了人家,到现在都没相认过。

1958年"大跃进"时,大舅舅已经是生产队队长了,而父亲是大队副书记,自然大舅舅受父亲领导。大舅舅不识一个字,对群众管理作风很粗暴。有群众向大队反映,说大舅舅经常骂人,骂得非常难听。父亲便找他谈话:你是队长,群众是阶级兄弟,你怎么可以骂他们呢?大舅舅说:不是我想骂他们,而是他们干活出工不出力,还有的私字当头,把集体的财产拿回家里去。父亲说:这是个别的群众,你可以对这些群众批评教育,但不能像旧社会军阀那样骂人。

有群众反映,说大舅舅中午都在喝酒,父亲便找他谈话,问他:你有没有中午喝酒?大舅舅理直气壮地说:我喝的酒是自家的,关他们的屁事。父亲教育他：你中午喝酒，就控制不了自己的情绪，所以你工作方法简单粗暴。如果你喜欢喝酒，晚上到我家里来，我叫你妹妹炒几个菜，我们兄弟俩一块喝酒。

所以，大舅舅经常到我家来吃晚饭，与父亲两人一直要喝到很晚。父亲也爱喝酒，不过他给自己定了一个规矩：一是中午不喝酒，二是不在群众家里喝酒，三是不花集体的钱喝酒。

大舅舅说，这三点我做不到，你是共产党员，你应该做到。

有一次，大舅舅与邻队队长做了一笔交易，他以生产队名义送给那个队长 5 只鸭子，而那个队长也以生产队名义送给他 5 只鸡。这件事最后还是被群众知道了，被举报到大队里。父亲找他俩谈话，问有没有这事？开始他俩都极力否认，说群众是胡说八道，他们是堂堂的生产队长，怎么会做这种损公肥私的事情呢。父亲说：那我叫你们生产队的会计与养鸡场的群众到大队部来，事情总可以搞得水落石出。

后来，两个队长承认了错误。父亲说：这事是内部矛盾，我们大队也不向上级汇报了，你们两个队长回去把鸡还给生产队就行了。大舅舅说：我已经吃了两只鸡了。父亲说：原来前几天你请我吃的鸡就是那只鸡？大舅舅点点头。父亲说：你把未吃掉的鸡退回去，吃掉的那两只鸡，你拿一只钱出来，我也拿一只钱出来，我们做干部的应该严于律己，不能侵占集体的一分一厘。

父亲与大舅舅比亲兄弟还要亲。可是，大舅舅做生产队长几十年，就是没有加入党组织。他十几次提出加入党组织，但父亲去生产队摸底，群众对他的工作作风还是有些意见的。父亲对大舅舅说：哪一天你不骂人、不喝酒，你加入党组织，我可以投你一张赞成票，现在我只能投你一张反对票。大舅舅自嘲说：我不是共产党员，我也是自由自在的，不然加入了党组织，我被你们管头管脚，也不习惯。

父亲坚持原则，始终没同意大舅舅加入党组织，可见父亲是一个秉公办事的人！

到落后大队去

1960年3月,在饥荒严重的时候,父亲接到一纸调令,公社党委调他到永昌大队任党支部副书记。这一年,很多地方遭受自然灾害,粮食歉收。

这一年,永昌大队一片饥荒,大队工作一团糟。一同去的党支部书记也姓蒋,也是劳动大队的人,因为他长得矮小,所以群众称他为"矮蒋",而父亲长得高大,所以群众称他为"长蒋",还有部分群众开始称他为"老蒋"了。

在去之前,公社党委书记陆长根找父亲谈话,问他有没有想法。

父亲说,我有想法,我的想法就是去陌生的地方,人生地不熟,不知道能不能胜任这一份工作,所以心里有些紧张与不安。

陆书记说:你有什么困难,来找组织反映,组织上一定全力支持你开展工作。接着他问:"你到永昌工作,家属思想有问题吗?"

父亲说:"我家属不识字,但还是蛮讲道理的。我只要对她说,我是共产党员,要时刻听从党的召唤,她基本上就会跟着我走,所以可以讲,我的家属没有问题。"

陆书记说："到落后大队工作，是对你的一种考验，希望你好好工作，更上一层楼。"

矮蒋只是一个人过去，而父亲是一家人搬过去，祖母、母亲，还有哥哥一块跟随父亲去了永昌大队，只有祖父一个人仍然留在劳动大队务农。

父亲一家人便在永昌大队7队安顿了。当时，地主与富农的房子全部被没收，所以我们全家人住在一户富农家里。母亲说，在永昌大队比劳动大队住的宽敞了许多，原来只有一间半平房（为了办食堂，还住了一年多草棚），到了永昌大队一下子变成三间平房。母亲说：看在住房的面子上，觉得父亲调到永昌大队也是蛮不错。

只是生活太苦了，没有一点东西吃。母亲说，她开始在河里摸河蚌、摸螺蛳煮来吃，后来河蚌、螺蛳都没有了，就吃水葫芦……父亲晚上回来总是要打开锅子看看有没有好吃的东西，他饿得一点力气也没有了。母亲说："你是大队干部，大队里不会一分钱也没有吧？你可以到街上买馒头、大饼充饥的吧。"父亲说："即使饿死也不能用大队一分钱，这是做一个干部的原则问题。"母亲说："你人都要饿死了，还做啥个干部？"父亲说："饿死事小，贪污的名声可是一代一代传下去，那就是大事了。"

后来，永昌大队7队便成了我的出生地，我出生在那个富农家的房子里。

吃老鼠肉

1960年5月的一天傍晚,父亲从大队部走回家,他忙碌了一天,肚皮已经十分饥饿。这是三年困难时期,即使父亲是一个大队副书记,家里也是揭不开锅,经常吃了上顿没有下顿,祖母因为饥饿得了浮肿病,还好是轻度的。

父亲经过一户人家的大门口,忽然闻到了一阵香味,他咽了一下口水。那户人家的男主人看见父亲,便从窗户探出半个身子对父亲说:"老蒋,你夜饭吃了没有?"

"还没有。"父亲说。又禁不住随口问道:"你们做的什么东西这么香啊?"

"我们包了一顿肉馄饨,你进屋尝几只吧。"女主人走到门口说。

父亲觉得不可思议,别人家连一碗粥都吃不上,他们怎么有肉馄饨吃呢?他问:"你们哪里有钱买猪肉与面粉呢?"

男主人刚想解释,女主人抢先说话了:"老蒋啊,不是我家有钱,面粉是上海城里一个亲戚寄过来的,自己没花一分钱哩!"

"那猪肉呢？"父亲问。

"不是猪……"男主人还未说完，女主人便拉住他，不让他说了，她对男主人说："要么你猪猡！"她转身又对父亲说："这猪肉也是上海亲戚寄来的钞票买的，我早上去买的一块很瘦的大腿肉。"

"呵，你这个上海亲戚是蛮好的。"父亲相信了她的话。

"老蒋，你到屋里坐，我来舀一碗饭馄饨给你尝尝。"女主人相当热情。

父亲想，自己与这户人家是远房亲戚，吃一碗馄饨未尝不可，再说自己已经好几个月没有吃过猪肉了。于是，父亲接过一碗馄饨大口地吃起来。

"真好吃，这个猪肉很鲜很鲜呀。"父亲一边吃一边说。

"这是猪腿肉，一点肥肉都没有。"女主人说。

男主人在窃笑。

"我吃了一碗馄饨，那你们不够吃了吧。"父亲说。

"锅里还有。"女主人说。

父亲抹抹嘴巴要走了，他对男主人、女主人自是千恩万谢，父亲说："这碗馄饨是我从娘胎出来吃过的最好吃的馄饨。"

男主人笑了，告诉他说：这不是猪肉，是老鼠肉呐。

父亲一听，当即呕吐不止。如果他知道是老鼠肉，他不会吃这一碗馄饨的。女主人见此骂男主人道："你这个烂嘴巴，你不说难道会死吗？老蒋本来吃得蛮开心，现在被你一说，他肚皮里的隔夜饭都吐出来了，你这个杀千刀真不是人啊！"

他是孤寡老人

1960年12月29日，公社、大队、小队三级干部，参加吴县四级干部大会，历时25天，学习贯彻中共中央"十二条"，纠正公社化以来出现的"五风"错误。会议结束后，永昌大队有个别干部不找自身问题，却兴师动众揪出一个"投机倒把坏分子"，要将那个人打倒在地。

父亲挺身而出。

父亲说："他是大队里一个孤寡老人，在外面贩牛，做一点小生意，不能说他是走资本主义道路，他只想手头搞一点钱，我看没有什么大问题，对他教育教育算了。"

那个干部对父亲说："你包庇坏分子。"

父亲据理力争，对他说："如果这样一个孤寡老人是坏分子，那遍地都是坏分子，我是坏分子，你也是坏分子。"

一些不明真相的群众要扭送那个孤寡老人去公社，父亲指示民兵营长，叫他们立即放人，如果这个孤寡老人犯错误，一切责任有他来承担。

父亲的话掷地有声，那些群众没有轻举妄动。

不料，这事被捅到了公社。

公社党委副书记谢景康把父亲找去谈话，问："你们大队有人贩牛，而且是个老手，这是很好的反面教材，有群众要揪这样的坏人出来，我看可以的，可以杀一儆百，杜绝其他人走资本主义道路。"

父亲解释说："谢书记，事情是这样的，他是一个孤寡老人，年纪已经六十多岁了，没有一个子女，对这样的老人如果揪他出来示众，我看广大人民群众也无法接受啊。"

"那他贩牛，违反党的政策，应该制止。"

"大队已经制止他贩牛了，老人保证金盆洗手，不再贩牛了。"

"叫他写保证书，如果以后继续贩牛，必须对他进行严肃处理，不能姑息养奸！"

"这个可以，我回去叫他写一份保证书！"

最后，父亲找到这个孤寡老人，叫他写了一份保证书。孤寡老人对父亲说："你是我眼里真正的人民干部，如果没有你为我说话，这一次我真的跑不掉了。"

父亲对他说："我们都是穷苦出身，是共产党让我们穷苦人民翻身得解放，所以我们都要好好地听毛主席的话，永远跟共产党走！我们要走社会主义的金光大道，那是越走越宽广，可不能走歪门邪道啊！"

雹中救牛

1962年8月18日,永昌大队娄子头、劳动大队船了浜、西湖大队小方桥、新民大队小鸡市一带遭冰雹袭击,船了浜尤为严重,房子的瓦被冰雹砸碎,田里的野鸡、蛇、青蛙被砸死,水稻被砸断、砸倒。

那天,父亲正在娄子头附近的村庄里,他发现外面下冰雹后立即拿了一只斗笠就往外头冲,他担心村里群众的安危,一边在村庄里奔跑,一边大声叫喊:"下冰雹了!下冰雹了!请大家到屋檐下,注意房屋不要倒塌……"

这时,冰雹越下越大,斗笠都被砸了一个大洞,那冰雹打在父亲的头上,有血从脸颊上往下流。

父亲只好跑到一户人家家里,暂时躲一躲,女主人见了十分惊讶,她说:"蒋书记,你脸上都是血哇,这么大冰雹你还在外面跑,你真的不要命啦!"说完,她拿出一件破衣服替父亲包扎头部伤口。

父亲说:"我还要去看看生产队的牛棚,不知道几头牛怎样了?"

"这么大的冰雹,你怎么到牛棚去?"女主人说。

"你借我一条破棉絮吧，我一定要到牛棚去！"父亲说。他想，马上要进行秋种了，如果这几头牛被砸死的话，那么多田地耕种怎么办？不行，即使天塌下来，也要过去！

女主人拿出了一条破棉絮，对她丈夫说："你是男人，与蒋书记一块去牛棚吧，他一个人真的很危险的。"说完，她又拿出了一条破棉絮。

两个男人各自头顶着一条破棉絮冲入冰雹里，向几百米外的牛棚冲去！老远看见牛棚的屋顶已经被吹走了，几头牛被绳子拴着，它们乱跺乱跳着，牛背上被冰雹砸得鲜血淋淋。

父亲对那男社员说："把牛拉到河里，牛就没问题了！"

"好！"男社员答应着。

两个人就把几头牛拉到了小河里。

冰雹继续下着，几头牛在小河里转危为安！

冰雹停了，父亲拖着疲惫的身子回到家里，看到住的三间房子屋顶已经没了，地上一片瓦砾，母亲与祖母哭得眼睛都肿了。

祖母说："不知道船了浜家里被砸得怎样？"

父亲说："还不知道呢，要不，夜里我去船了浜一趟回家看看。"

祖母忽然发现父亲脸上的血迹，说："荣根，你的脸是被冰雹砸得吗？"父亲说：只是皮外伤，不碍事的。他压根儿没将自己雹中救牛的事告诉祖母。过了几天，祖母与母亲才从别人那里知道这一件事。

瓦薄一点没啥关系

冰雹袭击后，遭受最严重的是劳动大队船了浜，我们的蒋家大院就在重灾区船了浜，整个房子屋顶几乎被掀翻在地，有一垛墙头已经危在旦夕。

祖父露宿在外头，他原来住在东厢房，现在房子被砸了，他一脸沮丧，看见父亲来了，竟然责问父亲："你做大队干部做得一点名堂也没有，老天下冰雹，你家不回，现在你回家做啥？"

祖母对祖父说："你不要这样责怪儿子，你看荣根的脸都被冰雹砸了几个口子。"顿了一下，祖母又说："我们永昌的房子屋顶也被掀掉了，我们娘几个也是暂时露宿在外头。"

祖父说："炳元好不好？"炳元是我的哥哥，祖父竟然牵挂孙子了（当时我还没有出生，所以炳元是祖父第一个孙子）。

祖母说："下冰雹的时候，小家伙动也不动，我抱了一个棉絮罩在他的头上，他一点也没有受伤。"

"只要人不受伤，房子很快能修好的。"祖父竟然三百六十度大转弯了，他不再责怪父亲，还对父亲说，在外头要当心自己身体。父亲对祖父说："阿爸，我们遭受了这么大的自然灾害，靠我们自身力量修复这个房子是力不从心的，我估计公社一定会伸出救援之手的！这几天，你就暂时露宿在外头吧，其他社员也都露宿在外头，你是干部家属不要发牢骚，要注意一点影响！"

冰雹灾害发生后，渭塘公社党委、政府立即动员各大队出动几千劳动力帮助灾区撩稻，让水稻恢复生长，还动员每户人家捐几十张瓦支援灾区，真是一方有难，八方支援啊！

船了浜其他受灾农户的屋顶都摊上了瓦，他们的房子修复如新了。可是，捐过来的瓦数量不是太多，轮到修我家的时候，瓦的数量不够了，劳动大队领导找到父亲，问："你们永昌大队瓦多不多？"

父亲说："现在还不清楚，估计不会多，因为很多人家屋顶全被掀翻了，修个屋顶真像造新房子一样。"

劳动大队领导说："我们大队的瓦不够，11队还有几户人家没有修屋顶，你家也在其中，看来屋顶的瓦只好铺得薄一点了。"

父亲说："先解决其他群众，我们做干部的放在最后吧。"

他又说："我家的房子，瓦薄一点没啥关系，只要能住人就可以了。也多亏人民政府出手相助啊，要是在解放前，有谁会来关心我们这种穷苦人家呢？"

结果，我家的瓦铺得最薄，那一垛危墙只是用一根木头顶住，没有重新砌墙，母亲为此多次埋怨父亲：别的人做干部首先想到自己，而你做干部把自家丢在一旁，你是天底下一个大傻瓜。

哥哥食指断了

秋天，是收获的季节。1962年秋，对我家来说是一个多事之秋，哥哥的嘴巴跌豁了，右手食指也断了一节。

白天，父亲要去大队办公，有时去公社开会，有时也会去田里劳动什么的，而母亲与祖母不管刮风下雨都要去田里干活。当时哥哥炳元才4岁，所以母亲将他寄养在旁边一个年纪大的老好婆那里，晚上收工回来将他领回。

有一天，哥哥跨门槛，小脚一脚踩空了，他跌倒在地，满脸是血。老好婆急坏了，村上有人连忙跑到田头，对母亲与祖母说：炳元摔跤一脸是血，你们快回家吧。

母亲与祖母一口气跑过去，看见炳元一脸的血，母亲竖着面孔问老好婆："你怎么不看好小孩，一跤跌死怎么办？"

老好婆说："我一转身，小孩就往外面跑，在门槛上跌下去的。"

祖母对母亲说："不要责怪别人家了，小孩即使自己看管，也有闪失的时候，又不是别人家有意推倒的！我看见小人嘴巴豁了，我们直接去街上医院吧，肯定要缝几针。"祖母在上海做过佣人，见过世面，所以她处事不慌不忙。

"我去借一只船。"母亲说。

"摇船还不如走过去快。"祖母说完，抱着炳元就往医院走去，母亲哭哭啼啼跟在后头。走了几百米路后，由母亲抱着炳元赶路，两个人轮流抱着炳元往医院赶去。

医生给炳元的嘴巴缝了7针。他嘴巴落了一个疤痕，还落了一个绰号"豁嘴"。

哥哥的嘴巴刚刚结疤，第二件事情又接踵而来。那个老好婆生一只煤炉，炳元竟然将一只右手伸到炉膛里玩，结果小手被烧得血肉模糊，村庄的人发现了，一边抱着炳元去街上医院，一边去田头通知母亲与祖母。当母亲与祖母赶到医院时，炳元已经躺倒在手术台上了，医生在给他做截指手术，他的一个食指被烧烂了。就这样，哥哥小小年纪就永远地失去了一个手指头。

母亲对老好婆意见很大，叫父亲扣除老好婆的口粮。父亲说："她不是有意的，我有什么权利扣她的口粮呢？"

"那也得叫她赔钱？"母亲说。

"她年纪那么大了，哪里拿得出钱呢？"父亲说。

父亲心里总是想着别人，不为自己的利益着想，而是时刻为别人的利益着想，把群众的利益放在自己的利益前面。在父亲的坚持下，没让那个老好婆拿一分钱出来，连医药费都是父亲自己付的！而我的哥哥则又多了一个绰号：断指头。

哥哥吃坏肚皮了

1962年冬天,那一场雪下得特别大,地上的积雪有几尺厚,村庄里有几间房子倒塌了,幸好没有人员伤亡。

那时候,仍在三年困难时期。

据母亲回忆道,那时候没有粮食吃,只能吃河里的水葫芦,后来河里的水葫芦都被人捞光了,连水葫芦都没有吃了,就扒树皮吃,吃得胃都出血了。

我问:"父亲不是大队副书记吗?"

母亲说:"我对你爸爸说,炳元要吃粥,你从大队拿几斤米回来吧。你爸对我怎么说的?他说,大队的米进出多少本子上都记得清清楚楚,我可不能做这种偷鸡摸狗的事。所以,你哥哥炳元被饿得皮包骨头,险些饿死,幸好有个五保户老人看你哥哥可怜,经常拿几只鸡蛋过来,你哥哥才活了下来。"

母亲还说:"你哥哥小时候一天到晚要吃红烧肉,可哪有钱买猪肉啊?我就骗你哥哥:以后我家养一头猪,等猪长大了自家杀来吃,然后天天让你吃红烧肉，直到让你吃怕为止。"

也就是 1962 年这个下雪的日子，我的哥哥真的吃怕了红烧肉，因为他饱食红烧肉而吃得上吐下泻，把小肚皮吃坏了。那么，有读者要问了，这红烧肉哪里来的？请允许我慢慢道来。

原来，外公养了一头猪，这头猪 60 多斤了，他想把这一头猪养到百把斤，然后出售，不想这头猪犯病了，眼看就要死去，外公就叫人将这头猪宰杀了。前面已介绍，外公有六个子女，这六个子女又有了许多的子女，因为三年困难时期，大家也没有办法聚在一起吃饭，现在有了这一头猪，外公就把子子孙孙都叫了过来，他放言：今天做一锅红烧肉，你们放开肚皮吃。

父亲买了两瓶白酒过去，陪外公与三个舅舅、一个姨夫喝酒。

炳元哪见过这么多红烧肉啊，他高兴得手舞足蹈，于是他吃了一块又一块，据说一连吃掉了两碗的红烧肉。结果，他当场就吐了，父亲急忙抱着哥哥去看医生。医生对父亲说，这个小孩把肠胃吃坏了，必须住院观察。就这样，哥哥在医院住了三天。从此，他对红烧肉一直反感。

母亲对父亲说："别人家做大队书记，他们的小孩子吃得都白白胖胖的。你做大队书记，我们全家人跟着你一起苦，如果炳元平常有红烧肉吃，他也不会这么贪吃红烧肉，不会吃坏小肚皮的。"

父亲摇摇头对母亲说："你这个女人蛮不讲理，儿子吃坏肚皮竟然也要怪到我头上的，好像我当干部戴了一顶错误的帽子。哎，真是秀才遇见兵，有理讲不清啊！"

大衣不见了

父亲白天一直在忙工作，或在田头指导生产，或在村庄里对群众问寒问暖，或在外面开会学习。大队里的群众把他比喻成一个不知疲倦的闹钟，只要上紧发条，这个闹钟就自个儿转个不停。

1962年10月，小姑妈从新疆寄回一件军用大衣，是寄给父亲的，她还请人写了一封信：哥哥，这一件军用大衣是工厂发给风歧穿的，他要送给你，你收下吧！

风歧是我的小姑父，他们一家支边去了新疆，但与父亲保持通信联络。

冬天来了，父亲穿了这一件军用大衣出门也不怕风大雨大了。母亲说，父亲穿了军用大衣真像一个当兵的人，挺神气的。可是，有一天夜里，父亲回来时，那一件大衣却不见了。

母亲问："你的大衣呢？"

父亲说："我忘记在（大队）办公室了。"

母亲信以为真，并没有追究下去。

第二天，父亲仍然没有穿军大衣回来，仍然对母亲说忘记了。

第三天，依然如此。至此，母亲觉得妙头不对，便对父亲说："现在我跟你去大队部，看看有没有那一件军大衣？你以为我是白痴，你可以接二连三地骗我，鬼才会相信你！"

父亲这才如实说："你别问了，这一件军大衣我送给别人了。"

"啊，这是你妹妹从新疆寄回来的，是花多少钱也买不到的，你怎么可以随随便便送给别人呢？"母亲发火了。

父亲说："你不要生气，你听我解释。"

"你不用给我解释，马上给我去把这一件军用大衣要回来。"母亲拉着父亲要往外走。

父亲说："你别拉我，我自己有脚会走的，但现在我不会出门，大衣既然已经送给别人了，你好意思去要回来吗？"

"你送给谁的？"母亲问。

"3队有个老人，没有衣服穿，快冻死了，我就脱下大衣送给他了。"父亲说。

母亲大哭了一场。还是祖母开明，她劝母亲说："荣根没做错，他宁愿自己挨冷，却让别人穿着温暖，这样的事旧社会叫积德，现在新社会叫人民干部为人民服务。我们做家属的应该支持他的工作，所以你也就想开一点吧，哭坏了身子还得花自己的钱去看病的，那才叫犯不着！"

谁家的苦草味

　　1963年插秧季节，这一天是农历5月初二，母亲挺着大肚皮还在田里插秧，她不知道临盆就在眼前。

　　早晨出工前，祖母对母亲说："炳元娘，你快生孩子了，就在家待着吧，而且插秧又要弯腰，很累人的。"

　　母亲说："其他社员都看着我们干部家属，我不能不出工啊！"母亲虽说私下里时常埋怨父亲，说他当干部不会捞油水，但她在行动上还是不拖丈夫的后腿。

　　祖母说："那这样吧，如果你感觉肚皮痛就叫我，总之不要生在路上，那样对大人与小孩都是很危险的，这个靠你自己把握哩，可千万不能粗枝大叶啊。"

　　母亲下到田里，副队长走了过来，对她说："你这么大肚皮还插秧，对自己太不负责了！你快起来，马上回家去，如果你有个三长两短，我可怎么向蒋书记交代？"

　　母亲说："我回家去，你又不给我记工分。"母亲平时喜欢开玩笑，这个时候她还不忘工分。

副队长说:"哎,你真是要工分不要命啊!"

快到吃饭的时候,母亲突然肚皮痛了,她丢下一把秧,捧着肚皮走到田埂上,她的一双布鞋在南边田埂,这时也顾不上了,一位好心的婶婶知道她要生孩子了,就追上去,扶着她往家走。

母亲到家后,一屁股坐在一张藤椅上,气喘吁吁,痛得哇哇大叫。隔壁一位老好婆看见后打了一盆水,拿了一块毛巾替母亲洗脚,又洗身子,而那位婶婶跑到大队部找来一位女赤脚医生。赤脚医生还没有放下药箱,我就急着来到了这个花花绿绿的世界了。

这时,祖母也回来了,她摘下屋檐下的苦草,在灶头烧煮苦草汤,整个的村庄里都弥漫着一股苦草味。祖母端着一碗苦草汤对母亲说:"多喝一点苦草汤,身上的毒素就排得干净。"那时候,农村妇女生孩子都是吃苦草汤。母亲说,这种苦草汤苦得不得了,还不能放糖,据说放糖后效果就差了。

此时,父亲还不知道母亲已经生产了,他带领大队干部与11个队长正在田间参观。当他经过7队屋后时,大家都闻到了一股苦草味。父亲说,这是谁家的苦草味啊?他没想到是母亲在生孩子。

后来,还是祖母追了出来,告诉父亲,他又生了一个儿子。父亲高兴地在田埂上对那些干部说:"你们继续朝前走,我要去看看老婆生儿子了,我会追上你们的!"

我生出来只有6斤不到,祖母说我瘦得像皮包骨。我有一次责怪母亲:"你要生我了,还下什么田?"辛劳了一辈子的母亲又说:"那个年代没有办法啊,做干部的要带头下田干活,做干部家属的也要冲在前面啊!"

049

你是雷锋干部

我出生于三年困难时期结束的1963年，恰是这一年的3月5日，毛主席号召全国人民"向雷锋同志学习"，渭塘公社在全社干部与青年中轰轰烈烈开展了学习雷锋的活动。

父亲便是学习雷锋的带头人。

有时夜里，父亲来到大队部播音室，利用广播喇叭宣讲毛泽东思想，传达公社党委与县委的文件精神，还有宣讲农作物栽培，以及如何病虫害防治等科普知识。

那天夜里，他一个人正在聚精会神在广播室里对着话筒宣讲，他的声音传遍了整个永昌大队，有许多群众正在收听他的广播讲座。突然有激烈的敲门声音，父亲不知道外面发生了什么情况，如果开门则广播要中断，如果不开门，外面的敲门声音越来越大，最后他对话筒说："请社员同志们稍等一会儿，外面有敲门声音，我去看看，马上回来。"

原来是有两个社员要广播寻人，有一个妇女要生产了，可是她的丈夫还在外面没有回来。

按照大队规定,广播喇叭是不可以播送寻人启事的,但生孩子是一件大事,所以父亲打破常规决定播送这一则寻人启事,他又坐在话筒前,清了清嗓子,大声说:"请3队大块头马上回家,你妻子要生小孩了,请看见大块头的同志相互转告。"这样的话,父亲一连讲了3遍。

那两个社员丢下一包大前门香烟给父亲,以表谢意,父亲说:"不要的,你们把香烟收好。"可那两个人却执意要送父亲这一包香烟,父亲看见他俩消失在夜幕里,当时也没有追上去。等广播宣讲结束,父亲想找到他俩的家,把这一包香烟退回去,另外关心一下那个男社员寻到了没有。走进村口,父亲看见沟里边躺着一个人,满身酒气,而沟里有水,如果不把那人拉上来,他很可能被淹死。父亲下到沟里想把他拉上来,但一个人却拉不动他。又怕他的头淹没在水里,父亲只好一直站立在水沟里,他在等,等待有路人经过。等了十几分钟,才有一对父子走过,几个人合力终于将此人拉上了沟岸。父亲与这一对父子又将这个酒鬼搀扶到他的家里!

结果,父亲裤袋里的那包香烟潮湿了,第二天,他去商店重新买了一包还给了人家!

有社员对父亲说:你是我们大队的雷锋干部!

前几天,我去村里采访,有群众还对我说,你父亲在永昌大队做大队书记时,拿出自己的年终报酬慰问大队里的五保户。我说,这事父亲从来没有对我说过。他们说,这都是听那些五保户说的,

可惜这些五保户都不在了。父亲许多的故事便这样淹没在苍茫的尘埃里。

你不要走啊

　　1965年4月,父亲要调回劳动大队了,永昌大队的干部群众都不让他走,7队的妇女同志抱着母亲与祖母不让她们走,她们都哇哇地大哭。因为父亲要走了,母亲、祖母还有哥哥也要回到劳动大队去。

　　你不要走啊!许多干部与群众对我父亲说。

　　"我还会回来看你们的,你们也可以到劳动大队来走走看看。"父亲对他们说。是啊,天下没有不散的宴席。还有,那时候的干部吃苦在前,享受在后,自然与群众相处融和,像鱼离不开水一样。

　　父亲对自己要求严格,平时不上群众家喝酒的,但现在要走了,7队群众每户都请父亲母亲吃饭,父亲实在拒绝不了,过后他会掏钱给他们,说这是饭钱,他说干部不能多吃多占。他们说:"老蒋书记,你为我们群众做了很多好事,现在你要走了,我们请你吃一顿便饭,哪能拿你的钱呢?如果上级要说你,我们抱着被子去公社替你撑腰!"

　　乡情浓浓啊!

　　我还小,也跟着父母亲回到了劳动大队11队,但我整天地哭,嚷着要回去，要回到永昌大队7队去。祖母说："这个小囡囡要哭坏的，要不就送回去吧。"

母亲对父亲说："坤元吵着要回去，娘也说要送坤元回去，你看行不行？"

父亲沉思片刻，然后对母亲说："叫老娘去永昌大队问问阿子惠婆婆的意见吧，如果她老人家愿意接收孩子，那就把坤元送过去；如果她老人家不愿意接收，那就只好让坤元待在家里，我想他哭几天也会不哭的。"

母亲说："我去吧，坤元哭得这样伤心，那是阿子惠婆婆对他像亲骨肉啊！"

阿子惠好婆是领养我的孤寡老人，她老人家没有子女，对我视同己出，她在河边饲养了几只鸭子，那鸭蛋都是给我吃的。阿子惠好婆的丈夫经常买回猪大肠，然后在猪大肠里塞糯米蒸来吃，母亲说我小时候最喜欢吃那个猪大肠塞糯米了。母亲还说，我小时候吃过许多好吃的东西，比如水蜜桃，比如甜甜的苹果，比其他孩子有吃福。你可知道，在那个年代，这些好吃的东西，乡下人看都很少看到的，别说吃过了。

母亲对阿子惠好婆一说，阿子惠好婆一口答应，她说："我也不舍得坤元走啊，你把孩子送过来，等他要读书了，我再送他回到你们身边。"

所以，我一直到7岁才从永昌大队回到了劳动大队！我一个人一直跟着一对孤寡老夫妻生活。记得我9岁那年夏天，我与几个小伙伴在河里游泳，这时岸上有个白头发的老人在叫："谁是坤元？"我说："我就是坤元，但我不认得你！"后来，我想起来了，老人家牵挂我，特地买了5个苹果送给我吃，可是后来我当兵去了，都没有为他俩养老送终，让我非常内疚！感谢你们，亲爱的阿子惠好婆，与不知道名字的老爷爷！你们把一生的爱都给了我，你们是我一生缅怀的亲人啊！

就像亲兄弟

父亲刚当劳动大队党支部书记不久，村里有个退伍兵回来了，可是他家原本有一间小屋子因为年久失修已经倒塌，所以他退伍回来后没有地方住，便找到大队要求解决住房。

父亲说："你的行李放在哪里？"

退伍兵说："放在大队小店里，也没有多少东西。"

父亲说："这样吧，小店旁边有一间小屋子，里面堆放铜鼓架子什么的，现在这些东西暂时没用，可以把它们堆放在一边，你先住在这一间小屋子里好不好？"

"那里面有床吗？"退伍兵问。

"应该没有的。"父亲似乎想起了什么，又说："我的办公室后门砌墙头了，多出一扇木门，要不找两只长凳搁这一扇木门，便是一张床铺了。"

"这倒无所谓，我是军人出生，睡地铺也习惯的。"退伍兵对父亲充满感激。

于是，父亲与退伍兵一块把那一间小屋子里面的东西整理在一边，将屋子打扫干净，又架好了一扇木门（当床铺），父亲忙得头发里都是灰尘。父亲觉得关心退伍兵是应该的，他在外面保家卫国，后方的人应该为他们多做一点事情，解决他们的后果之忧。

退伍兵提出要建造两间平房。

父亲在大队干部会议说："这个退伍兵家庭条件差，我们大队要关心他，想办法让他把两间平房建造起来，因为他还要娶媳妇，没有自己的房子有哪个姑娘肯嫁给他啊？"

公社批给大队的砖头给了他。

公社批给大队的木梁给了他。

公社批给大队的石灰给了他。

他自己没花多少钱，两间新平房便建造好了。他离开了大队那一间布满灰尘的小屋，从此住上了崭新的平房。他笑逐颜开，逢人就说：共产党好，毛主席亲，老蒋书记对我就像亲兄弟一样啊！

有一点要说明一下，本来那次公社批给大队的砖头，是我大舅舅早已向大队申请的，因为退伍兵急着要造房子，所以大舅舅风格高，将便宜的砖头让给了退伍兵。

父亲与谢文熊

　　1970年，谢文熊担任渭塘公社革委会主任（亦称谢书记），他是一位很艰苦朴素的干部，下乡穿着一件破旧棉袄，别人看不出他是公社干部，每到吃饭时辰，大队干部请他吃饭，他没有一次答应的，总是吃自带的大饼油条，所以老百姓私下叫他"油条主任"。
　　这样的境界并非当时的每一个干部都能做到的。
　　可惜像这样的事例，渭塘镇志却没能把它记录在案，颇觉遗憾。

　以上文字摘自我的散文集《我的渭塘》，而这些故事也是父亲生前讲给我听的。
　父亲还给我讲过谢文熊书记另外两个故事。
　有一天，谢书记一个人下乡检查工作，他要摆渡过一条河，但身上没带一分钱，于是他对摆渡人说："我是公社干部，过几天我再摆渡时付你摆渡钱。"摆渡人看他穿着一件破旧的中山装，以为他是一个骗子，便对他说："你付不出钱就付不出钱，何必冒充干部骗人呢？"谢书记说："我真的是公社干部，真的没有骗你！"摆渡人不耐烦了，绷着脸对他说："你再说自己是公社干部，我要一把拉你去公社了，你自己照照镜子，你像公社干部吗？"谢书记说："好吧，我是一个骗子，明天我带全公社的干部来坐你的船，你信不信？"摆渡人说："如果你是公社干部，我给你磕三个响头，当你是我的前世祖宗。"

第二天，谢书记真的带领全公社各个大队的正副书记来摆渡。摆渡人抬头看到一张熟悉的面孔，他立马知道自己误将眼前人当作骗子了，非常惭愧。

谢书记说："以后不要说我是骗子就皆大欢喜了。"

有一次，父亲与谢书记去县里开会，与他住在一个房间。谢书记平易近人，他问父亲，女人对你好不好？父亲不知道他问这问题有何用意，便轻声回答道："我妻子对我还好，对老人比较孝敬，对儿子比较疼爱。"谢书记说："这就是你有福气了。做人就是要讲究尊严，一个男人如果老婆都对他不好，你说周围有哪个人看得起他？做干部就是这样一个道理，手下的人都不说你好，你能好到哪里去呢？所以，要做个好干部就要首先学会做人，对困难的群众要伸手帮助，对犯错误的同志也伸手拉一把，即使对自己有意见的人也要面带微笑，因为笑比哭好。"

父亲说，当时我很年轻，谢文熊书记是我的政治导师，他教会了我怎样做人，还有怎样做干部？

父亲与"黑面孔"

"黑面孔"是李文元的绰号,因了他脸色黝黑,有人私底下叫他"黑旋风李逵"。

1970年9月至1979年4月,他担任渭塘革委会副主任。有人以为他姓黑,就叫他"黑书记",李文元跑过去握那个人的手,使了一点劲,那人痛得哇哇直叫,他一本正经地说:"本人姓李,刚才黑你一回。"

李文元喜欢吃红烧肉,但在那个年代没钱买红烧肉吃,遇到公社开三级干部大会,吃饭时每人可分到一块红烧肉,而李文元总是等到最后才吃饭,而瘦肉都被人家吃掉了,剩下的是一块"奶脯肉"(带着奶子的肉)。事后,李文元却表扬食堂工人,说:你们把最肥的肉留给我了,挺好,反正都是猪肉。

他的"黑面孔"和他的先人后己,勤勉踏实,都留在了渭塘人民的记忆里。

以上文字摘自我的散文集《我的渭塘》。

父亲与李文元私人关系比较好，两个人在田埂上走，也要比谁走得快。他个子小，老实说，父亲走路没有他快。但父亲对他说：如果我与你一口气走十几公里路，你不一定走得过我。

李文元说："如果我走得过你，你怎么说？"

父亲说："我给你做一世下属。"

李文元说："如果你走过我，你有什么要求？"

父亲说："公社有什么便宜的砖瓦批点给我们大队。"

后来，父亲与李文元并没有比走这条长路，所以也就没有所谓的胜负之分，但李文元对父亲还是挺照顾的。

有一天下午，李文元到劳动大队检查工作，他穿的是透气的凉鞋，田埂上有一根硬柴，他一不小心踢着那一根硬柴了，结果脚被戳得鲜血流淌……父亲见之，叫大队赤脚医生替他包扎，用掉了一卷纱布，还有一瓶云南白药，可是最后他非得付钱。父亲说：大队里的药也是公社配下来的。李文元说：对呀，今天我用掉了你们大队的份额，所以你们一定得收下，不然我也是有贪污嫌疑的，你们总不至于让我犯这种低级错误吧？

这确实是20世纪70年代末期发生在渭塘公社的事情，虽然很小，却显示了李文元的高风亮节。

历年"透支户"

1973年,我已经11岁了。但是到年底,生产队分红,我家一分钱也没分到,是名副其实的"透支户"。真的,在七十年代,我家历年都是"透支户",没有一年拿到过分红钱。

有一年生产队分红了,那是夜里,在会计家里。吃晚饭时,母亲对我说:"今晚队里分红了,你带弟弟拿钱去。"

我与弟弟晚饭都不想吃了,父母一年苦到头,今天可以拿到分红钱,心情是何等的激动!弟弟挎了一个书包,他准备装很多很多的钱哩。我与弟弟早早地去会计家,那里已经挤满了群众,我俩钻到了最前面。

队长在叫:"不要挤,大家坐好,分配马上要开始啦。"

有人问:"我家能分到多少呀?"

队长说:"那么多人家,我哪记得清楚?"其实,他心里记得清清楚楚的,他就是卖关子,就是不说。

我问会计:"叔叔,我家能分到多少钱呀?"

会计朝我与弟弟看了一眼,慢条斯理地说:"你家今年分到很多钱,恐怕你们弟兄两个抬也抬不动。"

"真的吗？"我与弟弟高兴得手舞足蹈。

一会儿，母亲来了，我对母亲说："妈妈，告诉你一个好消息，今年我家不是'透支户'了，刚才会计叔叔对我说，我家分到的钱我们弟兄两个抬都抬不动呢。"

母亲说："如果分到钱，我就给你们弟兄几个做新衣服。"

分配开始了，有的人家拿到了钱，他们的脸上便笑嘻嘻的，有的人家没拿到钱（就是"透支户"），他们就一脸沮丧。轮到会计叫到母亲的名字，母亲应声着走过去，我与弟弟也张开了新书包，这时会计说："顾金妹，透支 85 元。"

"怎么又是透支呢？"母亲有些疑惑。

会计说："你家 3 个小孩吃口粮，就你与唐阿妹两个人干活，2 个拖3 个，当然得透支啦。"唐阿妹是我的祖母，而祖父一个人另立门户，他挣的工分不包括在我家里面。

"呵！"母亲很快明白过来了，她落魄地向门外走去，而我与弟弟情绪却是一落千丈。弟弟跑到门外，把书包甩在地上，还踩了两脚。母亲走过来，对我与弟弟说："好儿子，你们不要难过，在队里我家是'透支户'，不过爸爸在大队还能分红，到时爸爸可以拿很多很多钱回家，爸爸妈妈一定会给你们买新衣服穿哩！"

难与人说

　　祖父虽说有严重的气喘病，但他仍坚持参加生产队劳动，因为不劳动就没有工分可得，年底分红他就要透支，即使如此，也买不起猪肉吃，生活过得十分穷苦。

　　因为祖父是生产队的牛倌，牛棚与猪棚连在一块。有一天，他看见猪倌拎着一头死的小猪，祖父问："这一头猪怎么啦？"

　　猪倌说："死了，把它丢弃在河里。"

　　祖父说："什么时候死的呀？"

　　猪倌说："它刚死，你摸猪的身子还热着哩！"

　　祖父已经好多天没有吃过猪肉了，他想，这一头小猪刚死，应该可以吃的吧。于是，他从猪倌手里接过了这一头小猪。

　　不知道谁把这事反映给队长了，说牛倌偷杀了一头大肉猪，应该严肃处理。队长就找猪倌，猪圈里有没有少一头大肉猪？猪倌说，一头不少啊！队长又说，那蒋慎伯的一头猪是哪里来的？猪倌想了半天才想起来，他对队长说，这是一头死小猪，我要把它丢到河里，他说可以吃的，我就把这一头死的小猪给了他。队长又问，不是说大肉猪吗？猪倌说，不是，是一头十几公斤的小猪。

队长说，是一头死小猪，有什么大惊小怪的！

很快父亲也知道了这个事情，他问祖父："爸，你有没有抓过生产队一头猪？"

祖父说："养猪的在丢弃一头死的小猪，我觉得丢掉可惜，就要过来搞点猪肉吃。"

父亲心里一阵心酸，自己都没钱给祖父买肉吃，祖父吃一点死猪肉竟然掀起了悍然大波，他心里十分难过，对祖父说："以后，生产队的东西即使丢弃的，你也不要去拿。"

可怜的祖父，即使吃这种病死的猪肉，还被队里的社员说三道四指指点点的。

祖父一生活的很没有尊严，他在做牛倌的同时，还兼队里的卫生清洁员，说卫生清洁员是一个文明的说法，其实是一个倒马桶者。每天吃过午饭后，祖父就一家一户收马桶，然后将一只又一只马桶拉到河边清洗。我的父亲是大队书记，祖父倒马桶，而父亲并不觉得什么，他觉得工作没有贵贱之分，可见他对祖父也是做了一定的思想工作的，具体的情形现在都被沉没在风尘里了，但这是一个真实的故事，真的难与人说。

我曾是放牛娃

那年我只有 12 岁，有时候放学在家，就帮祖父放牛。牛儿在田埂上吃草，我就坐在牛背上玩。时值双抢大忙，大人们都在田里割稻捆稻，挣工分累得满脸焦黄。

一天，我坐在牛背上看牛，不想队里有个男人与我开玩笑，他用扁担抽了一记牛屁股，那牛受了惊吓就狂奔起来，我死命拉住牛绳，而发了野心的牛哪里听你的话，它奋蹄朝牛棚疾奔，我吓得大叫不止。几分钟后，我在牛棚门口摔了下来，额头被牛棚竹子戳破了，血流满面。

这时，在晒场脱粒的祖母见了，大喊大叫地跑了过来。"不好，祖母要打我了。"我脑子里闪过这个想法，一手捂住额头拼命逃，怕她打我。"别逃呀，快去看医生，别怕，别怕。"祖母心急如火追赶着我。"你这个孩子怎么不听话，我不打你……"祖母索性坐在地上哭了起来。

我怯怯地走过去，祖母撕下衣角一边包扎我的头部，一边用衣袖揩泪。"好小倌，你伤得这样，好婆舍得打你吗？走，现在我们快去看医生。"祖母这时不哭了，我从她那双眼睛里看到了最慈爱的祖孙之情。祖母当即背着我到二三里外找医生。医生给我缝了6针,说:"如果再戳得下些,眼睛就搞瞎了。"祖母心疼极了,回到家,去邻居那儿借了2只鸡蛋煮给我吃。

牛棚与猪棚挨在一块,猪棚里有一只大铁锅,专门用来烧猪食的。过年了,祖父叫我跟他去洗澡,他一边啪哒啪哒抽烟筒,一边将铁锅水烧开了,然后舀出一半热水倒进旁边的木桶里,又倒一半冷水在铁锅里,对我说:"你快脱衣服,到锅里洗澡吧。"我说:"锅很烫,我害怕。"祖父说:"别怕,洗一会儿就好的。"说着,他放一只小木凳子在铁锅水底,叫我先站在凳子上。祖父给我擦背,之后又把木桶的热水倒在铁锅,使铁锅的水一直保持热的状态,洗到最后,我索性甩掉了凳子,在锅里手舞足蹈,弄得祖父一身是水,他也不生气。那时,我感觉到洗澡是世界上最开心的事了。

我13岁那年,祖父瘫痪在床,不能出门看牛了。父亲坐在祖父床前叹气道:"你这个样子不能放牛了,我叫队里重新安排别人看牛吧。"我在一旁听了赶紧毛遂自荐:"让我去看牛,我保证养好牛。"因为只要祖父不去回掉放牛,生产队仍然要给祖父记工分,祖父拿着工分,自然为父母减轻了一些负担。就这样,我自告奋勇做起了牛倌。冬天雪下得很深很厚,每天早晨我就踩着积雪去牛棚,把几头牛拉到河滩放牛水,然后打扫牛棚,将牛粪扫到外面,搬柴草给牛吃,做好这些事情我才上学去。等到傍晚放学,我又赶紧跑到牛棚将几头牛拉到河滩,搬柴草给牛吃,牛是有感情的动物,它们见到我,都对我摇头晃脑的!祖父本来答应给我10元压岁钱的,可新年里只给了我5角压岁钱,我没说祖父小气,我知道他看病需要很多钱。由于家里没钱,用不起好药,我也骗过祖父,将配来的平定气喘的药加入一半水,让祖父喷喉咙,祖父却说胸口舒服多了。

冬季寒冷,从来没有冻疮的我,手上脚上都生满了冻疮,走路一瘸一拐的,母亲为此心疼得哭过好几回。

穷造房子

  大约是 1973 年，父母亲省吃俭用，借了一屁股债务，拆了旧的蒋家大院（其实只有一间半房子），在原地建造了四间平房。父母亲规划哥哥拿东面两间，我拿西面两间，至于弟弟的房子还不知道在哪里呢。父母亲打算让弟弟做上门女婿，万一他不愿意，父亲说那就想办法筹钱，也给他建造两间平房。

  当时，公社下拨给大队一批便宜的木头，父亲将这些便宜的木头都批给困难的群众，而自己一根木头也没留着。正好外大队有一批棺材板在出售，父亲便买了棺材板做椽子。

  母亲却不高兴，她对父亲说："大队里一般群众都弄得着便宜的木头，而你是大队书记，造房子却买棺材板，你这个大队书记太没用场了。"

  父亲对她说："棺材板都是好木头，做椽子不错的，比一般的新木头还要耐用。"

  母亲说："可是棺材板是死人的东西，不吉利。"

  父亲说："棺材，就是官与财，有什么不吉利呢？"

到最后，即使棺材板家里也拿不出来了，但还缺少一扇门，木匠叫父亲去买几块木板回来。父亲手头没钱，他看到家里有许多零碎的小木板，就叫木匠用这些小木板拼凑成了一扇门。这一扇"百板门"至今我仍保存着，它像文物一样告诉我们，父母亲当初真是穷造房子。

这四间房子是7队"吴家里"来造的。"吴家里"祖孙三代是泥瓦匠，掌门人是吴如发，他与父亲年纪差不多。因为父亲手头没钱，所以对他说："这造房子的钱暂时欠一欠，等卖掉两只肉猪先付你一点。"

吴如发说："欠一年也不要紧的，我也不急着用。不过，你做大队书记做得太正了，大队里有那么多木头、石头与砖瓦，你一样东西都不要的。"

父亲说："大队的东西是集体的，我没有权利去拿用这些东西，如果多吃多拿，这便是犯错误了。"又说："像这个造房子，宁愿向亲戚朋友借钱，以后慢慢还，这样心里踏实，不会夜里睡不着觉。"

吴如发看见我趴在桌子上做作业，很认真的样子，便对父亲说："你的儿子聪明，看他的眼气就看得出的，他做事手脚肯定干净利落，只要好好读书，他长大后肯定有出息。"

父亲说："等我的儿子长大了就跟你学泥瓦匠吧。"

吴如发说："别人学泥瓦匠要替我干两年活，你儿子来学，我直接付他工资。"

父亲说："那你收他做干儿子吧。"

就这样，我当场就叫他干爹，而干爹本身有四个儿子，另外他还有一个干儿子、一个干女儿，可谓子孙满堂，人丁兴旺。我干爹也真是一个豪爽的泥瓦匠！

点亮一盏灯

沼气池

20世纪70年代，有些农村挖了沼气池，一些农户便用沼气烧饭，像液化气一样方便，所以沼气很受当时农民们的欢迎。可惜一个大队没有几户人家够条件用得上沼气，大多数还是使用老式的柴灶。

那时我十几岁了，看见生产队长家有用沼气烧饭，很是稀奇和羡慕，回家对妈妈说："我家为啥不挖沼气池？"母亲说："你父亲做干部做得正啊，他说不能搞特权，要与群众一样。"

本来，生产队长是要给我家挖一口沼气池的，但父亲没同意，他把沼气池的指标让给了一户人家。为这个沼气池，母亲埋怨过父亲很多次，但父亲总是对母亲说："你是干部家属，说话也要注意影响。"

我家虽说没有用上沼气烧饭和点灯，但父亲在我的心里分明点亮了一盏灯，那就是把方便让给别人，把爱传承下去。

照黄鳝

父亲在我心目中是一个清廉正直的人。有一次，我在第6生产队照黄鳝，结果那火把、鱼夹子、鱼篓都被生产队长没收了。我对他说："我是老蒋的儿子，把东西还给我吧。"那队长说："既然你是大队书记的儿子，那叫你父亲来吧。"回家，我央求父亲去拿回东西，父亲说："不行，我去拿了，以后我说的话谁还会听？"

我想了想，最终还是放弃了。

拔瓜苗

有一次，我在河里摸河蚌，弟弟云元在岸上看我摸蚌。

岸上是一片瓜地，是旁边生产队的，刚种植了西瓜与香瓜。

我摸蚌，而云元在拔瓜苗，一百多棵瓜苗被他全部拔光，那些瓜苗被太阳一晒便全部死了。

云元拔瓜苗，我在河里并不知道，如果我知道，我是不会让他拔的，毕竟我比他年长3岁，知道其中的利害关系，若被看瓜地的老农发现，那可得赔钱哩。

此事真的被看瓜地的老农发现了，傍晚他找到我家门上来了，问云元：你有没有拔瓜地的瓜苗？云元歪着脑袋说：我拔了，谁叫你们长瓜了不给我吃。

祖母对看瓜地的老农说："这事等荣根回来再说吧，反正会处理好的，主要是小人不懂，所以请你们队长高抬贵手！"

夜里，父亲回来了，得知此事后，他连夜找到那个看瓜的老农，对他说："是我的两个孩子不懂事，这些瓜苗有多少钱，我就赔多少钱？"看瓜的老农说："10元钱。"父亲便掏出10元钱给了他。那时候的10元钱，一个劳动力一个月挣的工分钱也没有那么多。

掘黑泥

　　1974年至1975年，我的父亲奔走于阳澄湖之间，因为他是大队党支部书记。那时，农村粮食收成不好，稻柴不够用，老乡们又买不起煤球，怎么办？天无绝人之路，有人发现阳澄湖水底是黑泥矿，那黑泥晒干后与煤球的火力不相上下。于是父亲带领乡亲们去阳澄湖掘黑泥。父亲每天跟着机挂船一天来回三次，那黑泥要从湖底一块块拉到船舱里，比罱河泥还累许多。父亲说虽然掘黑泥累得半死半活，但看到黑泥装得满满一船，心底洋溢着无比快乐。这样，我家也能分到一船黑泥，放学后我就在家门前的地上做黑泥，就是将黑泥做成小煤球，小小年纪的我也尽力为父母亲分担生活的压力。

　　阳澄湖很大，不过，有人不许在阳澄湖掘黑泥。那天，2队有两只水泥船掘满黑泥刚想打道回府，突然半路杀出程咬金，来了五只小木船将这两只水泥船团团围住，不许两只水泥船摇走。

　　他们说，这一片水域，包括水底是他们大队的，别人怎么可以来掘黑泥呢？就这样，他们把两只装满黑泥的水泥船拖到了阳澄湖东。

2队老徐队长找到父亲,对父亲说:"我队里两只水泥船被阳澄湖东的人扣住了,你有没有那里认识的人?"

父亲眉头一皱,说:"我丈人倒是认识那里人的,可惜他已经老死好几年了,倘若我直接去阳澄湖东,他们不一定认得我,也不一定会放那两只水泥船。"又说:"我去找公社叶文琳书记试试看。"

第二天,父亲便去找叶书记。叶书记一听劳动大队的掘泥船被阳澄湖东人扣住便来气了,他说:"阳澄湖的水还都是我们渭水流过去的,如果他们硬说阳澄湖是他们的,那么我叫人把我们这里的渭水堵住,要死大家一块死。"

叶书记拨通了县委书记的电话,县委书记听取汇报后,立即指示秘书,发出通知:只要是吴县人民,都可以挖掘阳澄湖的黑泥。

两只水泥船平安地回来了。

2队老徐队长十分感激父亲出马,把两只水泥船要了回来,他组织社员挖掘了一船黑泥,送到了我家的晒场。父亲夜里回来看到一场的黑泥,问母亲:"这黑泥哪里来的?"

母亲说:"2队送过来的,他们说你知道的。"

"我不知道,明天我找老徐队长去。"第二天,父亲便找到了2队老徐队长,问他:"一船黑泥要多少劳动力啊?"父亲掏出几张钞票对他说:"这是一船黑泥的钱,我不能白要你们的东西。"

哥哥辍学种田

在我们家里,哥哥炳元是全家的"掌上明珠",祖父、祖母喜欢他,因为他是长孙,父母亲喜欢他,因为他是长子。可是他读到小学五年级就不想读书了,他想跟生产队的男人们挑稻挑泥。

开始,母亲瞒着,没有将炳元不读书的事告诉父亲。有一天,父亲遇到小学的徐校长,才知道炳元已经有一个多月没去学校了。夜里,父亲回来第一件事情就是责问炳元:"你怎么不去读书?"

哥哥胆怯地说:"我要挣工分,家里太苦了。"

父亲说:"你挣什么工分,明天我送你到学校读书去。"

哥哥说:"不去,我要挣工分。"

原来,他已经在生产队跟着男人们在田里干活了,明天一早队长派他与会计去街上生产资料部买农机配件。

父亲说:"你年纪轻轻不读书,要后悔的,以后知识不够时要责怪父母亲为什么不让你读书。你年纪小,还不懂这些道理,我告诉你,以后种田也要文化,比如作物防治病虫害,你没有文化,对防治病虫害便束手无策。"

哥哥不吭声。

第二天早晨，父亲5时起床，推开哥哥的房门，里面已经空无一人，哥哥一早与会计摇船去街上了。

父亲很是恼火，对母亲说："炳元不读书那么多天，你为啥要瞒我呢？"

母亲说："你想怪我吗？我不怪你，已经算是给你面子了，你做大队书记那么多年，家里还是'透支户'，别的干部家属都在大队办厂烧饭，或者打扫卫生，我呢，却还在田里做苦活。炳元是看家里穷才不想读书的，你想拿他怎么样？"

就这样，哥哥14岁就辍学种田了，小小年纪的他跟着大人们掘沟、挑担、摇船，样样都要做，手掌里布满老茧，肩膀上也布满老茧。

母亲对父亲说："炳元这样做农活，一世没有出头日，你叫他学木匠或泥匠吧，有一个手艺即使荒年也饿不死的。"祖母也是这个意思，要父亲考虑一下炳元的前途。

当时，大队里对社员学手艺名额控制很严，11队只有一个学手艺的名额，母亲找到队长想要这个名额，让炳元去学木匠。队长说，老蒋是书记，大队那头另外有名额的，你就不要在生产队挤这个名额了。母亲便要父亲在大队里要一个名额，父亲说："现在很多人都想学木匠和泥匠，如果我叫炳元去学木匠，那我怎么向其他社员交代？"

当时，劳动大队在浒关镇办了一个并铁厂，其他年轻人都不愿意去，父亲却叫炳元去了。有一次，并铁机器的一个零件飞了出来，砸在炳元的身上，他受伤严重，在医院住了一个多月。

父亲在有权的时候，没有为炳元安排好工作，因此我哥哥的工作一直不理想。现在哥哥五十多岁了，我让他在我的厂里做杂工。哥哥对我说："要不是你帮我，我就是村里的困难户了。"

073

飞来一场横祸

1976年7月28日，河北唐山发生强烈地震，伤亡很多人，惨不忍睹，而我家也经历了一次强烈地震，真的是险些家破人亡！

当时，正是西瓜成熟时，11队有弟兄两个趁着夜色到10队偷西瓜，结果被看瓜的人发现了，虽说没有当场抓住弟兄俩，但看瓜的人知道他俩是谁。第二天上午，10队队长来到大队部向父亲告状，要求大队处罚这两个偷瓜贼。

当晚，父亲回家后对我说，你把队长（11队）叫来。

队长来了，父亲对他说："10队队长说，你队里袁家弟兄两个去偷他们队里的西瓜，你找他们谈谈话，摸摸情况，如果真是他们偷瓜的，叫他们去10队承认个错误；如果没有去偷，也要把这件事情讲讲清楚，不能让他们无端背黑锅。"

隔墙有耳，没料到我家屋子后面有人在偷听，偷听者便是袁家兄弟妯娌俩。

队长去找兄弟两个摸情况，他俩不承认偷瓜，说是"做梦也没有想到",老蒋是"兴风作浪"。

第二天上午,母亲在田里插秧,插秧是一件很艰苦的农活,母亲双脚浮肿,腰都直不起来。而这一对妯娌对着母亲破口大骂,诅咒我家要断子绝孙,要"天火烧"。母亲难过极了,她越想越气,便跑回家拿起一瓶乐果(一种剧毒农药)张口喝了下去。等有人发现,大半瓶乐果被她喝下,她昏倒在地,不省人事。

我与一群小伙伴在生产队晒场脱粒,看见有许多人往村庄奔跑,我们这群孩子也跟着往村庄奔跑,不知道村庄里出了什么大事,但我没想到是母亲喝毒药了。

"你娘喝毒药送医院了。"有人告诉我,我看见了屋檐下那一只农药瓶,痛苦万分,抓起农药瓶将它摔得粉碎,然后去追赶我的母亲。她被人抬上了一只小木船,有几个乡亲奋力摇船将她往医院送。

我看见那船了,在岸上追啊,哭啊。突然前面有一条小河阻挡住我前行了,我毫不犹豫跳到河里,后来有人说我是"逢水过水",其实那时我没想那么多,只想到船上去,我不想妈妈死啊。

像写作有灵感一样,我突然有了一个想法:我何不先冲到医院,叫医生先做好准备呢?这么一想,我就不哭了,拼命往医院跑,一口气跑到医院,在医院门口遇见一些医生在回家吃午饭(那时医生都回家吃饭),真是命中注定母亲大难不死,我在这里看见了工作组组长汪林生,我对他说:"叔叔,我妈妈喝农药了,船马上到!"汪林生马上叫住医生,一副担架准备在河边,医生做好了抢救的准备。十几分钟后小船到了,母亲被迅速送到急救室。如果我不先到医院,医生就全部回家吃饭去了。渭塘医院立即叫救护车,母亲又被转到苏州一院抢救。15天后,母亲才睁开了眼睛,医生说,她可能会成为植物人。

天塌下来，我们自己扛

　　唐山地震，苏州一院连走廊里都挤满了病人，有许多病人是从地震灾区转来的。而母亲一直躺在重症监护室里，晚上我与父亲就睡在医院露天里，在地上铺一张席子。

　　夜幕里，星空下。

　　父亲说："医生说要付500元押金，明天我要回去借钱，你要不要回去？"那时，一个劳动力一年辛苦挣工分，报酬也不过一百多元，毫不夸张地说，500元相当于5个劳动力的年收入啊，不知道父亲到哪里去借这么多钱？

　　我说："我不回去，我要陪妈妈。爸爸，你一定要借到这一笔钱，等我长大后我来还。"

　　父亲摸了摸我的头说："你放心，明天爸爸回去会想办法借到钱的，即使是高利贷也要借，不能让你们兄弟三个失去娘。"

　　我又哭了。

　　父亲说："不要哭，苦难的日子会过去，你母亲会醒过来，老天爷都不会让她死，因为你母亲是天底下最善良的人！"

我不哭了，对父亲说："我长大后一定要报仇，是两个偷瓜贼把母亲害成了这样！"

"他们骂你母亲肯定是不对的，这是他们过分的地方，但你母亲喝农药也是不对的，即使被他们打也不能喝农药啊。现在，出了这种事情怪不得人家头上去，哎……"父亲长长地叹了一口气。

"叫他们付全部的医药费。"我说。

"就算是他们的错，他们也不可能拿出医药费来。"父亲是清楚他们家情况的。接着，父亲又平静而缓慢地说："这个医药费看来只能我们自己付了，天塌下来，只好我们自己扛！"

夜里，我睡着了，而父亲一夜没睡，他就望了星空一夜，因为他在想到哪里借那么多钱。天亮后，父亲回去了，我来到了母亲的病房，她还是没有苏醒。生产队里派了几个女同志轮流陪护母亲，她们对我说：你娘有时候会睁一下眼睛，有时候手会动一下。这让我内心充满期待，盼望母亲突然苏醒过来。

我不能失去母亲！

这些女同志都是好人呐，她们的名字如下：江北人婶婶、林水英、袁雪珍、水林婶婶，还有许多其他的女同志也到医院照顾过我的母亲。

那天下午5时许，父亲又来到了医院，他神情轻松了许多。

我问："爸爸，钱借到了吗？"父亲掏出一叠钞票，不慌不忙地对我说："借到了，借到了。"原来，村里有位军官探亲，他得知这个事情后本想到医院看望我母亲。父亲遇见他，他知道父亲想借钱，就说："我手头有500元，你拿去救人要紧。"父亲紧握着他的手说："你真是我的好兄弟！"他的名字，叫费全根！

谢天谢地，母亲终于战胜死神活过来了，所有的医药费都是父亲自己掏出去的，以至后来几年，我家只好勒紧裤带过日子，一直吃咸菜萝

077

卜干，很少买鱼肉吃。这一场飞来的横祸没有把父亲击倒，父亲像一棵树依然挺立在风雪里。而我也永远地记住了父亲的一句话：天塌下来，只好我们自己扛！

家里出了这样大的事情，父亲没有流过泪，那一年9月9日，毛主席逝世，父亲哭得很伤心……

两头小猪哪来的

  由于受极左思潮影响，当时公社不允许社员家庭饲养过多的鸡鸭，每户饲养鸡鸭数量都有限制。

  父亲是大队书记，当然要与上级保持一致，所以他经常对母亲与祖母说："不要多养鸡，队里群众都盯住我们干部家属，到时他们也要多养鸡鸭，那就管不住了。"

  关于养鸡鸭，我家是做得比较好的，饲养的鸡鸭不会超过大队定的标准。

  在那个年代，父亲、母亲喜欢养猪，因为养猪不仅可以增加家庭收入，更主要的是不浪费粮食，吃剩的米饭让给猪吃。还有，养猪好像是政策鼓励的，没在限制之列。

  我家每年都要饲养几头猪，都是肉猪，肉猪长大了就出售给公社生猪收购站。

  记得是1976年下半年，我家猪栏里两头肉猪出售了，猪栏便空闲着。母亲对父亲说："我们队里没有小猪，其他队里不知有没有小猪？如果有的话,捉两头回来。"

父亲答应了,可是他问了好几个生产队,都没有小猪,所以猪栏便只好空闲着。

母亲便找到大舅舅,他是14队的队长。母亲说:"哥哥,你们队有没有小猪?"

大舅舅说:"有一窝小猪,但我们自己队的社员都应付不过来。"

母亲说:"我家猪栏空着已经一个多月了,就是捉不到小猪。"

大舅舅说:"你不要急,我想想办法。"

3天后的夜里,大舅舅摇着一只小船过来了,他在船头的麻袋里装了两头小猪,每头小猪都有十几公斤重。此时父亲还没有回家,大舅舅对母亲说:"妹子,两只小猪在河边的船头里,我去捉过来,你把猪棚门打开。"

母亲便打开猪棚门。

大舅舅把两头小猪放在猪栏里,母亲问:"哥哥,两头小猪多少钱?"大舅舅说:"不要钱,我捉两头小猪过来,其他社员并不晓得。"

母亲蛮开心。

父亲回来了,听见猪栏里有猪叫的声音便跑过去看,他问母亲:"两头小猪哪来的?"

母亲说:"哥哥送过来的,他说不要钱。"

父亲说:"这怎么行,生产队的一粒稻谷都不能拿,怎么可以拿两头小猪呢?我来把它们送过去。"当夜,父亲把这两头小猪送回了14队养猪场。

蹲点在最穷的小队

　　劳动大队 3 队是整个大队最乱的一个小队，有个大队干部去 3 队蹲点，他去了一天就被社员哄走了。父亲叫那个退伍兵去 3 队蹲点，他是大队副书记，但他当即拒绝，说："你是一把手，这种乱哄哄的生产队只有你能搞定。"父亲只好自己去 3 队蹲点了。

　　3 队社员想给父亲一个下马威，他们准备了一副装土很大的筐子，叫父亲用这个大筐挑土。父亲从一个社员手里接过这副大筐，说："想不到 3 队的泥筐超级大啊！"

　　社员说："老蒋，你怎么看出来的？"

　　父亲说："我 12 岁看牛，对农业生产不是自吹，我是老把式了。"

　　社员说："老蒋，我给你换一副小点的泥筐吧。"

　　父亲说："就这一副泥筐吧。"

　　父亲与社员一块挑土，一天挑土下来，他的痔疮都拖出来了，裤子上一片血渍，但 3 队社员自此公认父亲是一个作风过硬的领头羊。

　　那时候，公社不许农户养羊，但 3 队有个愣小子偏偏每天上工前牵着两只羊，这两只羊有时还窜到水稻田里吃稻。有社员说："如果他可以养羊，我们也要养羊哉。对于队长的话，小愣青并不放在眼里，只要说起他，队长总是说"阿弥陀佛"。

父亲找他谈话，明确告诉他："你尽快把两只羊处理掉，不然我叫大队民兵来牵羊了。"

他说："你敢动我的羊吗？"

父亲说："解放初，土匪胡肇汉的残余势力我都不怕，难道我怕你这个小孩不成？当时，你父亲还健在，你父亲也知道我是啥脾气的，你对我好，我加倍对你好；你对我蛮，我比你更蛮。还有，你有多少本事，亮给我看看。"

小愣青说："那我这两只羊还养半个月就可以出售了。"

父亲说："那我就批你半个月，如果超过这个期限，这两只羊就归大队处理了。"

就这样，父亲把小愣青的嚣张气焰压了下去，其他社员也不提养羊的事了。

小愣青家里穷，夏天睡觉没有蚊帐，身上被蚊子咬得都是血块，父亲便用自己的工资买了一顶蚊帐给他。他感动地说："老蒋书记，你打我骂我，我也要跟着你，不会再无理取闹了。"

父亲在那个年代心里装着老百姓们，用群众的话讲就是"手臂朝里弯"的。

做好传帮带

父亲重回永昌大队时，公社党委高生根书记便关照他，你的首要任务是抓好农副业生产，还有一个重要任务便是做好传帮带，即在永昌大队培养一个"掌舵人"。

永昌大队原书记在任时培养副书记徐福根，现在原书记犯了错误被撤职，那么徐福根还培养不培养呢？原书记犯的是生活错误，这与徐福根没有任何牵涉，所以父亲主张仍然培养他。

父亲与五星大队殷进发书记、民主大队书记薛岳峰交往甚好，他对徐福根说："你要多向这两位老书记学习，他们做支部书记十多年，积累了丰富的经验，尤其是殷书记非常有魅力，五星大队是吴县的先进党支部，这很不容易！"

父亲得知殷书记要跑吴县水利局申请一笔防洪基金，就对他说："我叫小徐书记（徐福根）跟你一块去县里，请你做一回传帮带，让他开一下眼界。"

殷书记说："可以是可以，如果我带他，把他带到阴沟里呢，你不要怪我。"父亲说："你是县劳动模范，一身阳光哩！"

徐福根便跟着殷书记连续跑了3次吴县水利局，五星大队拿到了一笔抗洪基金，永昌大队也拿到了一笔抗洪基金。殷书记对父亲说："强将手下无弱兵，你培养的接班人工作能力真是不错的！从某种程度上讲，我与你年轻的时候都没有他这种工作能力。"

父亲对徐福根说："一个好汉三个桩，支部建设班子很关键，所以要注重队伍建设，注重干部的素质培养。"

有一个年青干部工作能力是有的，但中午喜欢喝酒，徐福根便找他谈话：如果你没认识到自身这个缺点，大队支部如何培养你呢？后来这个青年改正了缺点，被吸收为大队党支部成员之一。这个青年就是徐根新，后来他成了骑河村（劳动、永昌合并为骑河村）党委书记。他对我说：最早培养我的是你父亲老蒋书记。

1982年12月，父亲将永昌大队的接力棒交到了徐福根手里，徐福根就任永昌大队党支部书记，而父亲因为身体有病，加上年纪也大了，公社党委安排他到渭塘公社农科站工作。父亲做了几十年农村基层干部，现在调他去农业部门工作，他十分高兴，他说："我要在农科站站好最后一班岗！"

甘当绿叶

　　父亲原来是大队一把手，1982 年年底调到渭塘乡农科站当站长，确切地说是二把手。农科站党支部书记王根生是一把手，他比父亲年轻好几岁，没有做过大队书记的经历，就是这样两个人却搭配得非常好，一唱一和，居然把渭塘农科站办成了吴县先进农业科技单位。

　　王根生脾气急，用父亲的话形容为"说起风，就要下雨"，做事风风火火的，有些员工干活磨磨蹭蹭，他就看不惯，训斥员工，父亲见此就去打圆场。

　　1983 年，渭塘公社结束历史使命，渭塘乡正式挂牌，同时生产大队改为行政村，生产小队改为村民小组。同年 8 月，农村实行家庭联产承包责任制，各村与农户签订承包合同。顺便说一下，那一年我家拿到了 11 亩农田，包括父母亲与哥哥嫂嫂的责任田与口粮田在内，而我在部队当兵，没有分到一分田！

　　因为分田到户了，乡里要求农科站必须建设好丰产方，为农户如何种田确立一个示范区。王根生与父亲到乡里参加有关农业会议，张梅根乡长在会上问王根生：你与老蒋谁抓丰产方？王根生站立起来说：说穿了，老蒋在农业生产方面是内行，我是外行，还是让老蒋抓丰产方吧，还有我与老蒋本身有一个分工，老蒋抓农田科技，我抓储运库业务建设……

张梅根乡长对父亲说："老蒋，农科站王书记让你分管抓丰产方，老实说，你的农业知识是在座干部中最丰富的，你抓农业丰产方是点兵点将点对了！因为县里马上要来农科站参观指导，所以要尽快把丰产方建立起来。老蒋，你辛苦一点，把丰产方需要多少田亩、多少劳动力投入，做一份预算给我，我们一定要把这件事情办好！"

父亲就吃住在农科站里，一门心思抓丰产方。当时因为分田到户，劳动力十分紧张，他问王根生："王书记，你说没有劳动力怎么办呢？"王根生说："你找张梅根乡长去吧！"

父亲找到张梅根乡长，问："现在叫不到劳动力种田，我愁死了。"

张梅根乡长说："你们农科站储运库不是赚钱单位吗，储运库赚了那么多钱要它干什么呢？现在丰产方需要用钱，那就把储运库赚的钱匀一点出来，这不是两全其美吗？"

"王根生不一定会同意。"父亲说。

后来，此事就这样迎刃而解了。

1983年，联合国粮食组织官员考察了渭塘乡农科站，他们称赞农科站办得好。之后，该组织官员多次来渭塘乡农科站考察，时任农业部部长何康为渭塘乡农科站题词：科技兴农，大展宏图。

天津之行

  1983年，渭塘乡农科站因工作需要购买一部面包车，那时候购车没有现在那么方便，整个苏州城区都买不到现货，有的还要自己去汽车制造厂提货。

  面包车在天津仓库，王根生对父亲说："老蒋，你有没有去过天津？"

  父亲说："没有呀。"

  王根生说："我们站里要去天津提一部面包车，你身体吃得消么？"

  因为父亲身体病弱，王根生担心他出差身体受不了。他征求父亲意见，如果父亲说没事，就让他去；如果父亲说身体吃不消，那就另择他人。但父亲表态愿意去天津，说身体没事，工作几十年，他从来没有到外面旅游过，想到外面转转。

  父亲说，他与驾驶员徐海元一块去的，去的时候坐的火车，坐火车不累，但回来的时候就不一样了，因为那时候公路不好，经常堵车，面包车开了两天两夜才开回来。好在驾驶员是个小伙子，身强力壮，不怕苦，加上他的驾车技术好，总算提车蛮顺利。

农科站买了一部崭新的面包车,成了当时渭塘的一大新闻,因为很多大队还没有车子,连摩托车也少得可怜。当时农村应该说还是贫穷落后的,只是那时的群众心态比较好。之后,驾驶员徐海元也跟我说起过与父亲去天津提车的事。他说:你父亲老蒋很有劲的,他喜欢喝酒,早晨起来就要喝几口白酒,我在天津给他买了一箱白酒,还买了十几只煮熟的猪脚爪。我对他说,你在车上慢慢吃,因为回家的路很长。我在开车,你父亲就在车上一边喝酒,一边啃猪脚爪,他说这猪脚爪真的很好吃。我就对他说,那我将车开回去,买一筐猪脚爪回去。你父亲说,好东西吃多就不香了,现在就不要回去了,以后倘若再来天津,就要多买一点猪脚爪回去。

父亲一生没有留给我们多少钱财,群众说他是两袖清风的好干部,但这却是父亲留给我们一笔巨大的精神财富,让我们一生享用不尽。

想在农科站做到退休

父亲老了，他想在农科站做到退休。农科站也非常适合他，这里有广阔的田野，有金黄的稻浪麦浪，有绿油油的庄稼，有西瓜香瓜，还有鱼塘……这里的干部与群众都很尊重他，亲切地称呼他为"老蒋书记"。

因为农科站经常有上级干部来参观，所以乡里把农科站的食堂定点为招待食堂，伙食也相当好，每天都更新。父亲说："我调过许多单位，农科站的食堂是最好的食堂，那里请渭塘有名的厨师做饭，比饭店都好吃。"

父亲是非常喜欢农科站的。

书记王根生虽说脾气急，但对父亲还是相当尊重，他知道父亲还没有到过北京，没有到过北京天安门，便对父亲说："老蒋，你想不想去北京啊？"

父亲说："想啊，想了几十年，我想去看看毛主席纪念堂。"

王根生说："那我们这次旅游就去北京吧。"

这是父亲第一次去北京，他真的非常快乐。他与同事在北京拍了许多照片。这些照片以前我都没有看见过，直到父亲过世后，才在爸爸的一只纸箱里找到了一本影集。我欣喜若狂，这些照片都是父亲在农科站的照片，而其他年份的照片，没找到几张。

父亲在北京的日子，是快乐的日子，这些照片便永远定格在了那些快乐日子。

去北京时，是1984年。

父亲回来后，对母亲说："我在北京看见毛主席了，这一生我的心愿终于实现了。"父亲一生跟着毛主席，他对老人家怀着无比崇敬的心情，北京之行慰藉了父亲一颗寂寞与求索的心！

父亲珍藏着北京之行的照片，而这些照片对我们子女来说也是弥足珍贵的，我要好好保存。我把这些照片都印在一本书《绿叶对根的怀念》里了，这样就永远不会失去了！

雄关漫道真如铁

　　1986年1月的一天，我与她步入了婚姻的殿堂。那天，我是用机挂船去娶亲的，泛起的浪花就像我的心情，幸福朵朵花儿开。当时我家给她600元彩礼，她就嫁给了我，嫁妆里有送给我的一部永久牌自行车。同时，我收到了女方亲友给我的800元见面礼，可我没经她同意，就将见面礼全部给了父亲，父亲说了几声不要，最后还是收下了。她说，你其他钱可以给父亲，但这些见面礼是阿姨姨夫、舅舅舅妈老长辈给我们的，你把这见面礼给了父亲，那我们去走亲戚拿什么还人家？母亲对父亲说，炳元结婚时的见面礼是他们夫妻拿的。

　　我说，我不懂，但父亲应该懂的这个礼义的啊。我想，大概是父亲手头实在是太紧张了吧。后来，我才知道，父亲为我的婚事，收下我的见面礼800元，还借债700元。这就是一个几十年农村基层干部的真实情况，父亲确实做到了一种境界：两袖清风，一尘不染。

　　雄关漫道真如铁，而我正是从那时候开始努力奋斗的，我不能像以前那样了，我的父亲母亲太穷了，穷得说出来别人不可能相信，他当了

091

几十年大队书记竟然仍是如此一穷二白。

1986年6月,渭塘乡党委书记高生根把父亲叫到他的办公室,对父亲说:"老蒋书记,本来党委考虑让你在农科站一直干到退休,事实上你在农科站也干得相当出色,由于你对农业是内行,所以比一般干部有很大的优势,农科站的一片丰产方也是乡里农业生产的标杆……"

高书记接着说:"乡里木器厂管理十分混乱,财务账目也不清楚,还有支部建设几乎没人在抓,所以经乡党委集体研究,决定让你东山再起,到木器厂去,把这个厂的支部班子搭起来,让这个厂生产稳定,不拖乡里工业的后腿,你看行不行?"

父亲与高生根并肩作战好多年,高生根最了解父亲,而父亲最听他的话,所以父亲对他说:"高书记,乡里叫我去木器厂,我应该去,但我对抓工业是外行,外行去领导内行,会不会出洋相啊?再说,我对农科站也很有感情,我真不想离开农科站……"即使如此,他对自己的病情也是只字不提。

高书记说:"这样吧,你到木器厂去干个一两年,等你理顺木器厂各方面关系了,我再调你回到农科站,这样行不行?"

"我一直听你话的,你也一直在关照我,我心里有数。"父亲说。

过几天,父亲一个人去木器厂报到,他出任木器厂党支部书记了。

要团结

　　当时的木器厂厂长姓郑，是中南大队人，一个副厂长姓周，也是中南大队人，本来一个大队的人应该讲团结，可是他俩好像是一对冤家，所以厂里许多决定统一不起来，而员工也搞成几派，生产一度很不正常。

　　父亲担任木器厂党支部书记后，觉得必须把干部与员工的思想统一起来，不能你搞你的，我搞我的，先要刹一刹厂里的不正之风。有一个车间主任私自把车间的十几张木板拿回家，厂里追查此事，周副厂长说：这事他知道的。父亲问："车间主任付钱了没有？"周副厂长说："他拿几张板，付什么钱？"父亲说："这是集体的财产，你没有权利送人，你也没有权利用集体的资产做好人，必须要叫那个车间主任要么把木板还给厂里，要么就付钱。"周副厂长说："你叫他把木板拿回来，我面子都没有了，以后我还开展什么工作？我辞职不干可以吧。"父亲想，怪不得他与郑厂长关系搞不好，原来他自恃有技术就如此这般目中无人，不能让他这种自由主义的思想漫延，所以父亲回答他："你想辞职，我不会拦着你，你自己看着办吧。"

过了几天，他还没有打辞职报告上来，那个车间主任就把十几张木板拿回厂里了。经过这一回交手，周副厂长没有原来那样趾高气扬了。

父亲把中层以上干部招集在一起开会，他说："要团结，不要分裂；要光明正大，不要搞阴谋诡计……这话大家都熟悉，是毛主席讲的。可是在实际生活中，往往相反，这怎么行？这是共产党领导的世界，不是无法无天的世界，你还得有一个集体领导的观念，所以从今以后工厂重大事情不能个人说了算，一定要经过集体讨论研究……"

经过摸底，父亲知道周副厂长锯板技术最好，工厂找不出第二个像他技术这么好的人，父亲对郑厂长说："锯板应该培养新人，可以在厂里员工中选一个人外出培训，到时协助周副厂长工作。"郑厂长觉得这个主意好，实际上这是钳制周副厂长，不让他有"甩乌纱帽的机会"。于是，郑厂长选派了一名技术骨干到外面去学习。经过父亲这么多穿针引线的工作，郑厂长与周副厂长的矛盾调和多了，木器厂的生产秩序得到了恢复。为了增加经济收入，厂里又上了一条喷涂线，对此父亲又是大力支持。有人说，喷涂线车间气味有毒，厂里部分员工提出调换工作，父亲便招我的嫂子去做喷涂工。

父亲退休后回忆说，木器厂是他工作过的最混乱的单位。郑厂长是一个正直的干部，但他脾气不好，文化低，不过他个人的素质是很好的，与他也相处蛮好！

最丢脸的精简

在乡工业公司我很卖力地工作，还兼任了科技档案员、民兵营长等，较多时间里我到各个乡办厂指导他们建立科技档案，可以说发挥了我在部队做文书的特长，使渭塘乡的科技档案成为当时吴县搞得最好的。

黄经理对我说：不要在办公室看到你，你现在的主要任务就是到下面走走。所以，我每天都要外出，有时我跟着一位副经理外出，副经理叫我喝酒，我不得不喝酒。还有，我是民兵营长，动员乡里一位干部要他的儿子报名应征，他喉咙响道："你算什么东西，老子的儿子当兵不当兵要你管？"

正在我与他争吵的时候，乡里高生根书记走过，他对我说："你们那么大声音做什么？"我说："我动员他儿子报名参军，他不愿意。"高书记便对他说："你是老同志，应该支持新同志工作！"从此，那个干部便对我心怀不满。

1987年8月，乡里精兵简政，我在被精简的名单之列。如晴天霹雳，我欲哭无泪，我怀着多么美好的愿望啊，全身心地投入到工作之中，却遭遇被一脚踢开的命运。

黄经理找我谈话，他说："小蒋，你在精简名单里，这是乡里定的，我没有做主权。"

我说："还有几个厂的科技档案没有验收，怎么办？"

黄经理说："这个事情有人做的。"又说："你与周兴泉、姚长全两位同志一块去乡蛇皮厂，他们是正、副厂长，你做出纳会计，在新的岗位上希望你好好工作。"

整个乡机关就我们三个人被精简了，他们去做厂长什么的，而我做一个出纳，这是我想不通的地方。

很快父亲便知道了这件事，他对我说："从机关出来就出来，没有什么关系，你知道的，老革命家邓小平三起三落，乡里安排你去蛇皮厂，你不要不高兴，是金子不怕被埋没。像我被乡里调来调去，劳动大队刚有点起色，公社党委就调我去穷的永昌大队，我服从了。因为我们都是共产党员，政治觉悟肯定要高嘛。"

父亲是一个入党多年的老党员，他这种顾全大局的胸怀，永远是值得我学习的！

那天，我离开乡政府大院时，天空下着小雨，我的眼泪没有人看见，那时感觉没有一个人看得起我，那是一次让我最丢脸的精简……

又调动工作了

　　父亲到木器厂工作后,木器厂领导班子比原来团结了,工厂呈现出欣欣向荣的景象。有个年过半百的销售员销售业绩比较好,他却不愿意将销售的业务联系方式透露出来,无形之中给厂里设置了麻烦:万一他辞职,那些业务便被他随身带走了。父亲便对他使了一个激将法,将他任命为销售厂长。销售员觉得厂里把他当作人才,所以他愿意传帮带,带出了几个徒弟,生意越做越大!

　　1997年5月,镇党委派人找到父亲,对他说:"经过镇党委集体研究,免去你木器厂党支部书记职务,另外安排你去渭塘渔场工作,任命你为渔场副场长。"

　　对此,父亲一点思想准备也没有,他不知道自己什么地方出差错了,所以他问:"难道我有什么地方做得不够好吗?怎么又要调动我工作呢?"

　　"应该不是的吧,你年纪大了,是正常的工作调动。"上头的人这么说。因为父亲与时任镇党委书记不熟,也不敢去打扰,但他想到前任公社党委书记高生根对他说过的一句话,高生根这样说"你到木器厂工作几年后再调你回农科站",所以父亲向上头的人提出能不能让他回到农科站去。

"我想镇党委已经拍过板的事情不可能更改的吧,再说你是老党员、老干部,也不应该为自己的工作挑三拣四。"上头的人如此说,父亲只好不再说话了。

只是父亲很可怜,那一年木器厂刚想为他办理社保,结果他与社保擦肩而过。如果父亲当时办了社保,退休后年收入至少有两万多元,但后来他没有社保,他的年收入到死也只有八九千元。

桃花源里

　　真是歪打正着，父亲到了偏僻的渔场，却感觉那里空气新鲜，因为附近没有什么工厂，也没有什么高楼大厦，风是自然的风，鱼塘也是没有受到什么污染的。我不止一次地听父亲说过，他在渔场的日子总体讲是蛮自由自在的，每天中午吃的是新鲜的鱼，还有地上刚摘的蔬菜，伙食比在农科站还要好一点哩！那些养鱼人很纯朴，几年时间，他们与父亲也结下了深厚的感情。

　　我说，那是桃花源里了。

　　有人说父亲是渔场副场长，我问过父亲是不是副场长？父亲说："渔场又不大，都是个体户在承包鱼塘养鱼，渔场本身并不养鱼的，你说要那么多场长副场长干啥呢？"父亲这样回答，可见他并不是副场长，只是一般的工作人员而已。但渔场里的人都觉得他是副场长，都亲热地叫他"老蒋书记"，这让父亲觉得很有面子，虽说他拿的报酬比乡村办厂的员工还要低一些，他倒是并不计较（后来我整理父亲的遗物，才发现了一张聘书，有渭塘乡多种经营服务公司党支部聘请父亲为渔场副场长）。

那些养鱼人经常会送些鲢鱼给父亲，而父亲也乐意为他们做事。有个姓徐的养鱼人承包了十几亩水面，他一时缺少流动资金，他请父亲借2万元高利贷，父亲说："我家里有2万元暂时不用，我借给你吧。"养鱼人说："我付你利息。"父亲摆摆手说："我经常吃你的鱼，那我也要付你鱼钱啊。"父亲借给那个养鱼人2万元大概有三、四年时间，他却一分利息也没拿人家。母亲对父亲说："万一他借钱不还给你呢？"父亲说："脑袋壳上的眼睛长在上面干啥呢？哪个人是好人，哪个人是坏人，我一眼就看得出来的。"母亲说："你在劳动大队培养的接班人却像狗一样反咬你一口，你的眼睛当初怎么没有看出来呢？你是被他出卖还在替他点钱呢。"父亲说："这也是有的，难得眼睛会看花的，像这种过河拆桥的人也是奇葩。"父亲那么年纪大的人都知道奇葩两字，可见奇葩两字真是深入人心了。

有个养鱼人夫妻外出办事需要五、六天，鱼塘夜里没有人看守。父亲知道后对这对夫妻说："夜里我给你们看守鱼塘，你们尽管在外面办事，不要担心鱼塘，就是鱼塘白天要吃的饲料，你们要另请高明，你们要安排好，因为我对养鱼不是内行，不要好心办坏事，那就对不住你们了！"

那对夫妻说，老蒋书记真是好人。

父亲说，你们养鱼很辛苦的，赚点养鱼钱真是很不容易！我为你们做一点事情也是本分之内的事嘛！

面对这样勤劳又纯朴的养鱼人，父亲也是捧出了一颗真诚的心。即使父亲在渔场没有一官半职（那个渔场副场长的聘书是后来才发的），他也以自己善良又大度的心而影响周围的人，把爱的美德传染给更多的人。

后来，我研究了一下那份聘书，竟然有两处错误，一是将父亲名字蒋荣根写成蒋永根，二不是党支部出面聘用副场长的，应该公司出面，不管怎样，这份聘书也算是我家的一份珍贵文物了，因为它与父亲有关，值得珍藏！

英雄末路

　　渔场离家有十几公里远，开始时父亲是走路上班下班的，但每天往来要走2个十几公里路程，对一个六十岁的老者来说，是相当吃力的。于是，父亲想学自行车。

　　我与妻子的自行车不知道丢弃在哪里了，哥哥有一辆自行车，我对父亲说："先拿哥哥的车子学，如果你学得会再去买自行车。"

　　父亲说："弄坏你哥哥的车子不好，不管我学不学会自行车，我都要买的。"原来他打定了主意要学自行车。

　　母亲说他："你六十岁学打拳，不要车子没学会，脚跌断哉，你就太平一点吧。"

　　父亲说："我不学会自行车，每天二、三十公里的路，你跟我一道去走几天，看你受得了吗？"

　　母亲说："我年轻时候，苏州（城里）都走过的，你以为我走不动吗？"

　　父亲说："那我学自行车，你不要说丧气的话，学好了自行车，你要

101

吃点啥个东西，我去渭塘街上给你买来吃，这比现在方便多的，对你也有好处，你说是不是？"

母亲笑了，说："我不是反对你学车子，只是担心你年纪大了，骨头硬了，怕你学车子摔跤，怕你骨头经不起摔啊，那你学车子千万要当心啊！"

父亲说："英雄末路，我也是没有办法才学车子啊！"

我觉得，父亲说自己是英雄末路，真是非常贴切的，父亲是"英雄"，一生做农村基层干部，但现在老了，镇里把他安排在渔场打杂，这有点像"末路"，父亲是私塾出身，说话用词总体讲有一点文化水平，这不仅是我一个人对他的评价，村里很多熟悉他的人都说他是一个有文化水平的干部。

父亲学自行车的过程，我并不了解，因为是哥哥教他的，父亲在前面骑车子，哥哥在后面跟着跑，为了怕父亲摔跤不跌痛，哥哥对父亲说："我们到大田埂上去学车吧。"

大田埂是机耕路，是泥巴路，父亲说："大田埂路不宽，怎么学？"

哥哥说："大田埂算宽的，两旁是田，即使车子倒下来，也是倒在田里，不太会摔痛。"

父亲说："有道理！"

父亲就是在家门口的一条大田埂学会自行车的，当然他学会自行车也付出了代价：他右手手臂划出了一条长口子，到医院缝了好几针。母亲说："叫你当心，你还是出事情了。"父亲说："我现在学会自行车了，这是值得的！"

我觉得，父亲学骑车这一件事，对于我也是一种启发，你只要认准一件事，好好努力，付出辛勤与汗水，总是有所收获的，像一句名言说的那样，风不会把没有方向的船送到目的地，所以一个人活着，就要有一个目标，然后朝着这样一个目标脚踏实地前行，再前行！

闲着也是闲着

　　1997 年 7 月，父亲正式从渭塘镇渔场退休了，有退休证为证。那天，父亲叫母亲做了几个菜，请送退休证过来的几个领导在家里吃了一顿便饭，父亲居然喝醉了。等他们走了，他一个人捧着退休证偷偷地抹泪。

　　母亲说："退休是高兴的事情，你为啥不高兴呢？"

　　父亲说："辛苦一生，就看见这一本证书，心里有点难过。"

　　母亲说："你这么一说，我也不高兴，你退休了，就没有经济来源了，原本一个月也有一千多元进账的。"

　　父亲说："现在没有一千多元了，退休金每个月有 500 多元，应该说我与你的生活费够了。"

　　父亲从十几岁就参加革命工作，父亲这一代跟着毛主席种田的人，他们只求奉献，不懂得索取。他们是艰苦创业的一代。

　　祖母知道父亲退休了，对父亲说："荣根啊，你退休后准备做些啥？"

　　父亲说："现在我还没决定去做啥，我想到外面走走，看有没有适合我的事情做做，如果叫我一天到晚呆在家里，我也是呆不住的，我还想到外面摸几个铜钿，因为光靠退休金一家的开销可是抵不住的！"

父亲退休后一度也到附近一个橡胶厂去领取橡胶除边的活儿，忙碌一天能挣个十几元，我对父亲说："你不要这么吃力了，十几元钱我来给你。"

父亲说："你给的钱与我做活赚的钱不一样，反正我是闲着也是闲着。"

又一个春天

1998年7月，骑河村有个年轻的村民拿着一把菜刀把退伍兵追来追去，自然那个村民被拘留了，但那个退伍兵也没有以前趾高气扬了，四面楚歌开始响起。

同年8月，退伍兵"下岗"，被调走了。

镇领导找我的阿舅徐坤元谈话，叫他出任骑河村党支部书记，然而阿舅有自己的工厂，生意十分繁忙，实在抽不出身子，所以他推荐我做村支部书记。

后来我没有做成党支部书记，因为镇领导是叫我阿舅做党支部书记，并没有想叫我做党支部书记。但后来阿舅一再推托，所以最后镇里抽调了一位镇干部到骑河村做党支部书记了。

新来的党支部书记对父亲挺不错的，他一到骑河村就登门拜访我的父亲，问父亲对村支部建设有什么建议？父亲说："骑河村现在是永昌与劳动两个大队合并起来的比较大，所以村里各方面开支比较多，建议村里的账务要公开化，这样村民心里有底，村民中说三道四的话也会少一些。"

　　新来的村党支部书记对父亲说:"我人生地不熟,你还得多多指导啊,有空经常到我办公室坐坐。"父亲爽快地答应了,他愿意为骑河村的建设贡献自己的余热。

老树新枝

1999年7月,我的阿舅徐坤元被任命为骑河村党支部书记。对此,父亲坚决拥护,他说:"我老早就看好徐坤元的,现在镇党委让徐坤元做骑河村书记,我们骑河村就有新的希望了。"父亲还说,老实说,骑河村能做书记的莫过于徐坤元了,他的厂是村里最大的,交的税收也最多,而且他与各方面关系又处得好,能够为骑河村办一些实实在在的事情。

父亲做书记的时候,阿舅是大队的一个农技员,俩人关系挺好,他经常背着一个农药桶找我父亲谈事,因为我们的名字都叫"坤元",所以我干脆叫他"划直",他也回应我"划直"。

阿舅一上任,马上把父亲请出来,让他担任村级帐务监督员,村里所有支出有父亲与几个老党员、老队长过目,如果有账目不清楚的,父亲与几个老同志可以把问题发票拎出来。父亲对我说:"徐坤元自己几乎不花村里的钱,吃饭请客都是在他自己的工厂里报销,电话费每月他也只报300元,超过部分他自己来的,其他业务费用也不在村里支出。"父亲还说:"像徐坤元这样廉洁的干部现在找不出几个"。

父亲问我："你说说，还有比徐坤元更好的村书记吗？"

我说："没有吧。"

父亲说："徐坤元书记真是全心全意为人民服务啊！一个人的政治素质很重要，徐坤元心里的一杆秤是人民"

力量永远使人崇敬！

阿舅做了村书记后大力招商引资，他招商过来苏州一家很大的电动工具厂，对方要村部找一个负责任的人做门卫，阿舅第一个人选便想到了父亲，他找到父亲说："老蒋，有家新来的单位要一个门卫，我推选你去，不知道你身体吃得消吗？"

父亲觉得身子骨还硬朗，应该还能再干几年吧，所以他当即答应下来，阿舅便亲自领着父亲去那家公司报到，并且对父亲说："你在这里工作有啥问题，可以找他们的老总"

父亲说："我会好好负起门卫的责任，不会做塌台（不光彩）的事！"

很负责任

父亲去的那家公司就是苏州宝时得，阿舅为骑河村招商引资，宝时得便在骑河村设立了一个分厂，父亲便是这个分厂的门卫，开始只是父亲一个人看门卫，因为夜里有他们公司自己看守，叫父亲回家，半年后他们决定再招一个门卫，这样两个门卫可以日夜轮流，并且规定门卫人员值班期间不能睡觉。

许厂长对父亲说："有没有像你这样的老党员，我们再要找一个做门卫，你们可以日夜轮流。"

关于日夜轮流也是父亲向许厂长建议的，所以父亲得知许厂长采纳他的这个建议后非常高兴，说："有一个，上次遇见他，他还说可以出来做一段时间，不知道他有没有到别的地方去上班？"

许厂长说："那你去问一问，最好是像你这样的老党员。"

父亲说："他是老党员，还是西湖村的老主任。"

许厂长说："很好！"

当天下班后，父亲便骑自行车去西湖村，找到了那个老同志，那个老同志听到能与父亲搭档一块当门卫，连声便答应了此事。第二天，老同志来了，父亲领他去见许厂长，办理了有关录用手续，这样他与父亲就在门卫室里"并肩作战"了。

阿舅问分厂许建厂长："老蒋看门卫怎么样？"

许厂长说："很好，他很负责任的！"原来，父亲在值班期间看见有个中年职工裤袋一直鼓鼓的，他便向车间主任反映，车间主任便将那人拦了下来，发现这个人裤袋里都是铝块，为此，许厂长还奖励父亲200元，真是廉洁公正啊。

母亲知道这一件事后，替父亲担心，对他说："你做干部时，大小人都和和气气的，现在做一个门卫却去得罪人了，你犯得着吗？"

父亲说："这不是犯得着犯不着的事情，而是我看门卫的职责，我要对得起这1200元工资的，这个钱不能瞎拿的！"

一个人，无论做什么工作，都要做到问心无畏，对得起自己的，父亲的这段话，一直影响着我。

父亲平时爱好喝酒，但轮到他在门卫值班，他便滴酒不沾。有一天，弟弟云元买了一点熟菜，还买了一瓶高档的白酒来到门卫室，想与父亲一块喝酒。父亲连连摆手，厂里规定不许喝酒的，现在一滴酒也不能喝。云元对我说，父亲做得真正，说值班期间不喝酒真的一口酒也不喝！

我又想起那些很多个日子里，父亲一夜不睡觉，拿着一只电筒在厂区转来转去。

他的身影，那样高大，像一株白杨树，屹立在我的心中……

要做就做好

阿舅徐坤元毕竟有自己的工厂,个人与集体要两头兼顾,每天马不停蹄忙忙碌碌,他便向镇党委推选了我,这样镇党委批复我为骑河村党总支副书记,并顺利通过了支部选举,我与阿舅都顺利当选。

原来,一年之前,阿舅推选我做村党支部书记,父亲持反对态度,他怕我能力不够,做不好这个村党支部书记,从而影响了村里的工作。现在阿舅推选我做党支部副书记,父亲不再持反对态度了,他对我说:"要做就做好,不要半途而废。"

又说:"你跟着哥哥徐坤元能够学到许多知识!"

阿舅知道我文采好,所以开党员会经常叫我作报告,有时上党课,有时则讲讲国内外形势。当我在台上讲课的时候,父亲总是在台下认真听着。会后,他对我说:"你讲话声音可以响点,不要一句话没讲完,第二句话就接着了,讲话的频率放缓些,这样讲课的效果就会好些。"

只有父亲,才会对儿子如是说啊,这是肺腑之言!这是父亲的真爱!

2002年4月，阿舅叫我带部分厂长去香港旅游。

我说："我能力不够。"

阿舅说："你要相信自己，现在新来的镇党委书记叶根元也喜欢写写文章的，你们应该谈得拢的，还有我也会全力支持你的，有什么事情你搞不定，我来搞定。"

阿舅说的话倒是一个事实。当初，叶根元是《吴县报》记者，我是《吴县报》特约记者，我俩还合作写过一篇人物通讯。现在，他居然空降渭塘，做上了镇党委一把手。

但是，香港旅游返回后，我突然有了一个想法，想跳槽出来自己开厂，只是我在等待时机，当时我对谁也没有透露，故没有一个人知道我的想法，连妻子也没让她知道。

我也没有对父亲说。

我想做老板，我渴望做阿舅这样的大老板。但十几年来，阿舅无微不至地关怀我，让我从困境里脱颖而出，还在力举我做村党支部书记，我又怎么向他提交辞职信呢？我怕跳槽跳不出来，以后再在阿舅的手下，不敢抬头。

要与阿勤商量好

2002年9月，我勇敢地跳槽出来了。那年，我正好是40岁，人生不惑之年。这时候，侄子文雷恰好来接班了，这样我跳槽出来，也不会有大的影响，算是比较两全的方式吧。

跳槽出来后，我已经考虑清楚，阿舅做的行业是铝压铸，那么我得避开这个行业，所以我选择五金冲压件。

但向阿舅提出辞职，还是不太顺利的。阿舅不想让我跳槽，他想了好多法子挽留我，就这样我拖了一个月走不了。他问道："你是不是嫌工资少？我马上可以给你加工资。你要小车，我配小车给你。"当时，我的报酬已经达到十几万元了，一个跑供销的人能拿到这么多钱，等于自己开一个小厂了，或许有的小厂一年还赚不到十几万元哩！

我说："机器都买好了。"

阿舅说："机器你可以拖到厂里来，就算厂里采购，买多少款我给你多少款。"

我没有答应。

阿舅说："到年底，我把书记让给你，你做书记应该不比自己办厂差的。"

我说："对此我不感兴趣了。"

9月27日，我真的要走了，阿舅把我叫到办公室，对我说："既然你考虑清楚了，我不再阻拦你，你若不是我妹夫，你要走我早放你走人了，因为你是我妹夫，我做哥哥的也得为妹妹负责。现在，我也不说其他话了，你要听我两句话，一句是办厂是一个系统的工程，不仅产品要对路，还要生产管理要抓好，包括采购、生产安全、交国税地税等等都要处理好，二句是要与阿勤商量好，她有多年办厂的经验，目前来讲你办厂的经验还比不上她的。"阿勤是我的妻子，据说岳母临终前关照过阿舅，你要照顾好小妹，所以阿舅对阿勤与我都格外关照。

至傍晚，我回到老家，觉得应该向父亲母亲解释一下，不然他们知道我跳槽了要发急的。

我对父亲说："阿爸，今天我正式从哥哥厂里出来了，几台冲床已经安装好，明天我就要招兵买马，开始自己开厂了。"

父亲并不惊讶，因为他已经听闻了我跳槽的风声，他第一句话便问我："阿勤怎么态度？"

事实上，妻子并不支持我开厂，她说我："哥哥把你培养成才了，你怎么可以说走就走？"此后，有好长时间她都不理我。没办法啊，我想做老板，我想要为我的儿子做出一点成绩来，这也是我办厂开始的想法。

我没有对父亲转述阿勤的话，只是喃喃地说："她对我有点看法，但阻止不了我开厂的步伐。"

父亲心情沉重地对我说："要与阿勤商量好，夫妻同心黄土变金啊！"

阿舅与父亲并没有商量此事，但他俩对我说的一句话都是"要与阿勤商量好"，在父亲心目里，他认为阿勤的工作能力远比我好，她是一家中日合资企业的销售老总。

父亲心情很沉重，我的心情也很沉重，我总是让父亲担忧，其实我也没什么法子。

你要创业，你要做一点事业出来，你总得要选择改变，我就是选择了改变。改变是一种出路，我相信自己，我会做出一番"惊天动地"的事业来的，因为我从"黄埔军校"走来。

"黄埔军校"，就是渭塘压铸厂，我阿舅的厂，从这个厂出来办厂的人也有好几个哩！

哪能要儿子的利息

　　自从拿了土地造房子开工后，我的日子就不顺畅了，因为我身边真的没有钱了，只能开口向别人借，那一次造厂房与添置机器共借了200万元。

　　父亲一生积蓄只有5万元，我不想问他借，因为父亲身体不好，随时可能用钱。再说我有弟兄三个，父亲的钱被我借去了，哥哥弟弟也要借，父亲怎么办？当然哥哥弟弟不是那样的人，我们兄弟三个相当团结，从来没有争吵过一次。

　　可父亲拿着那一张存折找到我，对我说："这点钱你拿去用吧，就是少了一点。"

　　我推辞着，说："不要，我在外面能够借到。"

　　父亲说："你是嫌爸爸的钱少吗？这5万元钱，你拿去用吧，这个钱我与你娘暂时也不用，放在银行里也没有什么利息，而且我知道你急需用钱。"

　　接过这一张存单，我好想哭，我对父亲说："其他人多少利息，我也给你多少利息。"

父亲大着嗓门说："我哪能要儿子的利息？真的拿你的利息，老祖宗都要流泪的，再说我平常用的钱，都是你在给我，你在干大的事业，即使父母亲给你5万元也是应该的。"

母亲也对我说，别的儿子造这么大的厂房肯定要逼父母拿钱出来，而你从来没有，还经常给我们零花钱。我的父亲母亲虽然贫穷，但他们对子女的爱是充满深情厚意的。

就连我的老祖母也拿出了她一生的积蓄1.3万元钱，祖母说："我叫炳元把这钱领了出来，放你那儿吧。"原来，祖母这个1万多元钱一直叫哥哥炳元存在银行里，现在她也把存折取了出来。

我对祖母说："好婆，对不起，我没钱给你，还把你的钱拿走了。"

祖母抬头望着我，说："你是拿钱去置家产的，这是好事，应该支持！"祖母已经八十多岁的老人了，可她心里却明白如镜，知道是是非非。

我说："好婆，等造好厂房，我接你去参观一下。"

祖母说："好啊，好啊！"

可是，厂房造好了，祖母瘫痪在床不能走路了，老人家没有看见我的新厂房，这是我心中的一大遗憾。在我人生最困难的时候，我的亲人们都给了我全力的支持！我想，我得努力奋斗，我得报答他们的恩情，所以这十几年来，我一直是在努力奔跑中。

奔跑，就离目标越来越近。

奔跑，世界就是我的。

不肯闲着

2005年10月，宝时得渭塘分厂搬走了，父亲随之"下岗"，分厂许建厂长叫父亲跟他们去苏州看门卫，父亲也想跟着去。我对父亲说："你年纪大了，身体又不好，你在外面工作，我们怎么能放心呢？"

父亲说："许厂长对我蛮好的，我不舍得失去这个工作。"

父亲是一个不肯闲着的人。

有一天，父亲问："你厂里要不要看门的？"

我知道，父亲是想到我的厂里来当门卫，但我不能答应他，因为妻子提醒过我，她说你叫父亲来当门卫，也应该为父亲的身子着想，让他可以在家歇歇了。

我觉得妻子说得有道理。

我对父亲说："你给宝时得看门卫，我没有反对你，但你要来给我看门卫，我不会答应，你干了一辈子革命工作，也应该好好歇歇了。"

有一天，厂里有个门卫摔跤左脚骨折了，他无法上班，一时又找不到合适的人做门卫，再说那门卫腿伤好了还要来上班，如果招了门卫叫那个人何去何从？不知道父亲从哪里得到了这一个消息，赶到厂里，对我说："我在家里也是闲着，现在厂里正好缺一个门卫，就让我来顶替吧。"

当时我焦头烂额，就答应了他，父亲便吃住在厂里。厂里食堂做饭的阿姐告诉我，你父亲夜里不睡觉的，经常拿着电筒在厂区转来转去。

我问父亲："阿爸，你夜里为何不睡觉啊，我这种小厂都是铁家伙，不怕贼骨头上门的，你夜里尽管睡觉。"

父亲倒是承认夜里没睡，他说："夜里值班不睡觉习惯了，再说白天可以笃笃定定睡觉的。"他已经是一个快70岁的人了，还这样忘我工作，像一根皮鞭抽打着我的惰性，让我不敢一点偷懒儿。

那个门卫腿伤好了，他想回来上班，但他的子女不让他当门卫了，无奈他挂着拐杖来到厂里，正好那天我不在厂里，父亲说那门卫来不做门卫了。

我说："过十几天就是春节，那叫我现在到哪里去找门卫呀？"

父亲说："不要找门卫了，春节我来值班。"

整个春节，父亲都是在厂里度过的，我对父亲说："您辛苦了！"父亲说："给儿子工厂出钱没有，出一点力气是应该的。"只是2006年4月，父亲心脏病突然发作，送到苏州医院治疗，他才放下了门卫这个工作。

不要为我花钱

　　父亲开始老了,他身上还有许多疾病,最严重的是心脏病。稍懂点医学常识的人都晓得,心脏病这东西不是开玩笑的,如果一个病人稍有不慎,一口气接不上去就会断气。

　　有一天夜里,父亲突然呼吸困难,连话也说不出来,胸口像压了一块巨石,幸好哥哥在家及时送他去医院。我也陪他去看过医生,医生说如果给你父亲装一个心脏起搏器,他呼吸就顺畅了。

　　我问:"心脏起搏器能管几年?"

　　医生说:"进口的应该可以十五年以上,国产的就不能说了。"

　　回来后,我对父亲说:"你这个病如果装一个心脏起搏器,你就与正常人一样能正常呼吸了。"

　　父亲说:"那要多少钱呢?"

　　父亲不是关心自己的身体健康,而是关心看病会花多少钱,他怕给儿子带来负担啊。

　　有一次,他生病住在医院十几天,花去了六千多元钱,他看着我,心疼地说："又给你添麻烦了，真是越老越不中用啊。"

那一刻，我湿了眼睛，父亲劳累一生，即便是生病期间，他最牵挂的还是他的儿子，这就是父爱吧。深沉。伟大。

关于安装心脏起搏器，我打听下来，一个进口的起搏器需要12万元。我是一心想让父亲安装这种起搏器，想让父亲晚年的生活质量好一点儿。

后来我想，父亲是村里老干部，这种事村里应该会给予帮助吧。所以我打电话给骑河村党委（村党支部改成村党委）书记徐根新答应村里拿出5万元，他说："你父亲是老书记，他到永昌大队做书记对我也很关心的，提拔我做民兵营营长，这种关怀是一生不会忘记的！"事实上，徐根新对我父亲真是很好的，逢年过节都要去看望我父亲，父亲也把他当作亲人看待。

村里拿出5万元，那么还有7万元，我就来拿出来。但我不能对父亲说，一个起搏器要多少钱的，因为父亲不会舍得，他一生勤劳节俭惯了啊。所以，我只对父亲说："村里徐书记答应村里拿出5万元给你装心脏起搏器。"这样说，我想父亲会好受些，毕竟，父亲做了一辈子干部，清正廉洁，为村里办了许多好事，这样一个心脏起搏器村里大队来捐助，也算是对父亲操劳一生的认可和回报吧！至于剩下的7万元我来拿出来这件事，我没有对父亲讲，我想对父亲少说一点钱，起搏器才七八万元。

母亲知道了此事，也叫父亲去装起搏器，母亲说："你装了心脏起搏器这种东西，你晚上透气好了，我晚上睡觉也不会经常惊醒了，能够舒舒服服睡着了。"

可最后父亲还是拒绝了，因为我忘记了，父亲受党的教育多年，他当干部的时候，不拿群众和村里的一分一毫，退休了，也坚决不拿群众和村里的一分一毫。父亲说："不要为我花钱，再说，拿村里的钱，这不是我做人的风格！"

我的老父亲啊，谢谢您，给我上了这样一堂课，正直、廉洁，我懂了。

您是我心中，屹立不倒的白杨！

又做联队队长

自 2007 年 10 月开始，骑河村村委会又叫父亲做（11 组）联队队长。其时，父亲已经七十开外了，而且诸病染身，但他仍答应了这个"苦差使"，重出江湖。

我担心父亲的身体，不想让他去做这个队长。但父亲却一定要去。

父亲说："这个队长不像以前生产队长那么忙，它没有什么大事，就是去村里开开会议，然后挨家挨户将会议精神传达，还有村里组织清扫卫生喊一些人员参加，都是一些鸡毛蒜皮的小事情。"

有一天傍晚我回老家，父亲却不在家里，我问母亲："爸爸人呢？"母亲说："他在劝相骂。"原来小组里有两户人家为河埠在吵架，父亲在做双方的思想工作，我坐了一个多小时便走了，父亲还没有回家。过了几天，我又回老家，问父亲："你那天在劝架吗？"父亲说："是的，他们在吵架，我一时也走不开，担心他们一语不合会打起来。"

我说："他们吵架也是联队队长管吗？"

父亲说："那倒不是，联队队长不管这些杂七杂八事情的，我是看不下去而已。"

我的嫂子宝珍却是非常支持父亲做联队队长,她对我说:"让父亲做联队队长好了,他跑东跑西,腿脚便活络。"

有一次,我遇见骑河村党委徐根新书记,他对我说:"村里十几个联队队长数老蒋书记年纪最大,但数他的工作热忱最大,你只要布置他一下工作,他总是千方百计地帮你完成,你不用多花心思的!"

前面说过,父亲的遗物都被哥哥与弟弟火烧掉了,那些父亲手写的笔记本也付之一炬,即使如此,我在父亲房间的一只纸箱里找到了一些东西,这些遗物,是父亲这一生的见证呵,是他这一生兢兢业业的见证呵。

直到 2011 年 12 月底,父亲仍在做联队队长。最后,因为他住在医院需要化疗,他才放弃了这个差使。十几天后,父亲与世长辞,可以说他做到了"生命不息,战斗不止"啊!亲爱的爸爸,您辛苦了一生!

看看"人民公社"

大约是 2010 年 9 月，父亲告诉我："小舅舅得了癌症，而且已经是晚期，他想到太湖边去看看，但没有人带他去，如果你能抽点空就陪小舅舅出去转一圈吧。"

小舅舅才 60 岁出头，平常他对我父亲与母亲照顾最多，因为他与我家是一个小队。侄女菊红结婚的时候，他送了两头肉猪，他说等晴谷结婚，也要送两头肉猪，他年轻时做过生产队队长，后来自己搭了一个猪棚养猪，还在外面贩卖铜铝，反正在几个舅舅当中，他是最能干的。不料，他竟然得了癌症。

我答应有空就陪小舅舅到太湖边去转一圈。因为工作忙的缘故，我也很少陪父母出去玩，主要没时间，还有手头不宽裕，我想借此机会也陪父母出去走走看看。父母亲与小舅舅都是"人民公社"年代过来的人，他们总是对"人民公社"念念不忘，十分怀旧，我知道太湖边临湖镇有个"人民公社"的主题公园，所以我决定陪父母亲与小舅舅去那里看看。

12 月 27 日，我开车载了父母亲、小舅舅直奔"人民公社"。父亲看见公园门口的毛主席挥手雕塑就激动地说："怎么这地方人民公社还保持得这么好啊？"我说："这是按照原来模样恢复的。"

在"人民公社"的田头，我给父母亲、小舅舅拍了几张照片，当时觉得这些照片没有什么，现在感觉非常珍贵。可怜的小舅舅生前就只有我给他拍的几张照片，其他一张照片也没有，所以他过世的时候遗照还是选用了我拍的一张照片。

父亲指着不远处的一个草棚说："那个是牛棚吧！"我说："是的，牛棚后面还有两头牛。"母亲接着对我说："你13岁就替阿爹看牛，小时候也比队里其他孩子能吃苦。"父亲手一挥说："走，我们去看看牛棚！"

当来到毛主席像章陈列馆时，父亲尤为激动，他指着墙头上的毛主席像章对母亲讲解着。我能充分理解父亲，他一生跟着毛主席干革命，把自己的一生也献给了党与人民。于是，我拿出相机，给父母亲与小舅舅留下了一张珍贵的合影。

中午，我们在"人民公社"食堂吃饭。我点了一碗红烧肉，父亲说："不要点了，太贵了。"我说："你喜欢吃红烧肉吗？"父亲说："喜欢。"我说："喜欢就要吃！"最后，父亲连肉汤都打包带回家。他说，这么好吃的红烧肉，汤也不能浪费。

不久，小舅舅就离开了人世。母亲说："小舅舅说外甥对他真好，可是他还欠外甥两头猪，不是小舅舅小气，而是老天爷小气，不让他活了。"

小舅舅啊，不是你欠我的，而是我欠你的！还有我欠父母亲的也太多太多，亲爱的爸爸，如果有来生，我还要做你的儿子！这个世界很复杂，然而我可以做一个孝顺的儿子，报答你的恩情！

什么毛病查不出来

2011年6月,骑河村组织全体村民到渭塘医院体检,父亲也去了,体检报告出来,说他肺上有问题。很早以前父亲得过肺结核,但治愈后没复发过。此时,父亲的身体状况也不妙,到了傍晚总是体温很高,吃下东西还有呕吐的感觉。

父亲是一个非常自爱的人,即使年纪大了,也不愿意麻烦我们子女,有一点小毛病,都是一个人上医院。有一次,他生病住在渭塘医院十几天,等他出院了,我才知道。父亲关照其他人:不要对坤元说,他工作忙,不能影响他的工作。

这一次,父亲仍然想瞒住我,一个人在渭塘医院找医生看,可是查来查去就是查不出来什么问题。我妻子知道了,对我说:父亲身体有病,但查不出来,你带父亲去做个CT吧。

我对父亲说:"你生病怎么不说?"

父亲说:"老毛病,不要紧。"

我说:"既然查不出来,就做个CT吧。"

父亲说:"做CT要一千几百元钱,不做。"

我说:"阿爸,身体要紧,这个钱我来付。"

父亲说:"你的我的还不是一样的。"

父亲一生节俭,到了这个时候他还不舍得花钱看病,后来被我逼着才做了CT,片子出来了,渭塘医院的医生研究了半天,还是看不出哪里有问题。

父亲咳嗽不止,医生就叫他住院治疗,他在医院里住了十几天,可是病情仍没有得到控制。后来,妻子打听到苏州100医院有一种进口的机器,只要病人躺在那个舱里,各种身体数据就会显示出来。于是,妻子对我说:"叫父亲去做这种检查吧,总归要把毛病查出来,不查出来也不好治疗,再说毛病也拖不得的。"

我就对父亲说:"阿爸,到100医院去做检查,他们有一种进口的机器。"

父亲开口就问:"要多少钱?"

做这种检查一次要花费8500元,如果我如实告诉他,父亲肯定不会去,于是我说谎了,说:"没多少钱,大概几百元吧。"

第二天上午,妻子就开车带父亲去100医院,父亲又问:"做这个检查要多少钱?"妻子说:"要不了多少,大概几百元吧。"妻子与我统一了口径,没让父亲知道真实的价格。妻子对我多次说过,我们挣钱为了什么,还不是为了老人,为了孩子,现在老人需要用钱就应该拿钱出去。她还有一句"名言":你老板做了好多年,现在就是体现你老板价值的时候了。

检查回来,父亲对母亲说:"阿勤像女儿一样亲,即使真的有毛病,我也觉得毛病好像好了许多!"

父亲说，我要出院

　　解放军100医院的检查报告出来了，父亲已是"肝癌晚期"，医生直言不讳地告诉我们，病人活不了几个月。当时我们弟兄三个听到父亲得了肝癌且是晚期都呆住了。我一直担心父亲的心脏会有问题，根本没想到父亲会得肝癌的，在最初的几天，我们都没把这个事情对父母亲说。

　　我们的心情极其沉重。最后，妻子联系苏州四院，让父亲住院。一住进四院，父亲就问："我是不是得了癌症？"因为嫂子得癌症的时候也在四院住过，这家医院还叫肿瘤医院。我对哥哥弟弟说："要想瞒父亲病情是瞒不住的，嫂子不识字瞒得住，而父亲识字，他很快会知道真相，不如我们找一个机会直接告诉父亲，让他配合治疗，不能让父亲受到更大的打击。"

　　哥哥弟弟说：对，那就实话实说。那天，在医院里，父亲躺在病床上，他又问："什么病？"

　　我犹豫了半天都不敢告诉他，怕父亲精神受不了。

　　"你们把检查报告给我看看。"父亲伸了伸手。

"阿爸，报告书上说是肺癌，医生还要会诊。"我突然急中生智。我把肝癌说成肺癌，不是口误，而是想避重就轻，肺癌比肝癌容易医治一点啊！

父亲转过头去，没有说什么。过了一会儿，他转过身说："既然是癌症，花再多钱也是看不好的，我现在要出院，在医院等死那得花钱，还不如回家等死。"

我说："阿爸，你心脏不好，万一气透不过来，医院可以抢救的，在家里拿什么拯救你呢？再说，现在医术水平也高了，这个肺癌治愈的可能性也有，你安心在医院治疗吧。"

父亲说："还是让我出院吧，既然得的是癌症，治疗都是白费心思，最后花光钞票人也没了。"

我对父亲说："现在老百姓看病政府负担60%医药费，个人只要40%，所以即使花掉10万元，个人也只要承担4万元，一个病人住在医院里还有政府在补贴钞票。"

父亲说："这个我知道，政府补贴是好的。"

妻子知道父亲手头没有多少钱，他肯定是担心没钱治疗，所以妻子对父亲说："爸，你安心治疗，一切医疗费用全由蒋坤元承担好了，你自己不要拿一分钱出来。"

妻子又对哥哥弟弟说："蒋坤元是老板，让他出钱，你们兄弟俩有力出力，多多到医院陪陪父亲，让父亲身体恢复得快点！"

父亲说："我还有几万元钱的，不能花你们的钱，你们外头还有一屁股债务呐！"

我俯身在父亲耳边轻轻地说："阿爸，我外头债务差不多还掉了，你不要再为这个事情操心呵。"父亲没有点头，他的眼睛直勾勾地看着我，显然并不相信我说的话。

没想到

2011年12月初,父亲接受第一次化疗。化疗后,父亲的头发掉光,没想到心脏承受不了,体积比原来增加将近一倍。父亲胸口剧烈疼痛,呼吸非常困难,而且高烧不退,医生只好给他接氧气。

我问道:"阿爸,你胸口怎么痛法?"

父亲说:"像刀割肉一样痛。"

即使这样疼痛,父亲还嘱咐我:"你厂里忙,你去忙厂里的事情,有什么事情让炳元通知你!"当时,我已安排哥哥炳元全天陪护父亲。

白天,侄女菊红也经常去医院陪护父亲,她说:"阿爹对我最好,看见阿爹胸口痛,我心里挺难过。"她母亲生病的时候,她由于太忙,没有好好陪她母亲,事后侄女说:我对不住娘,她生病最需要照顾的时候,我却不在她的身边。

那天,侄女打我电话,说:"叔叔,阿爹痛得不得了,我去找医生,医生说要么打进口止痛针,你说怎么办?"

我说:"不管花多少钱都可以。"

侄女说:"大约三千多元一针,不能报销的。我身边有几千块,要么我先买几针?"

我说:"好的,你先垫付,打针钱过一会儿我去医院给你。"

一小时候后,我来到医院,父亲躺在病床上睡觉。侄女说:打了那个针,阿爹舒服多了,谢谢叔叔!我把几千块钱付给了她,侄女说,多亏叔叔救阿爹了。

侄女在医院为父亲端屎端尿,还为父亲擦洗身子。

我们弟兄三个蹲在医院走廊一角。

哥哥说:"父亲不做化疗就好了,心脏就不会出现问题。"

弟弟说:"主要父亲的心脏本来就有问题,现在化疗一下子用那么多药就承受不住了,早知道这个结果,我们就不应该给父亲做这个化疗,这等于把父亲往火坑里推了一把。"

把氧气瓶拿走

自从打了进口的针，父亲胸口疼痛减弱了，他便提出，把氧气瓶拿走。父亲说："这个氧气瓶一个小时要2元，一天就是48元，这是浪费钞票。"父亲脑子仍然是清楚的，每天花多少钱，他都记在一张便条上，住在医院里两个多月，父亲每天都记，这便条记到他失去记忆为止。很可惜，这便条被哥哥弟弟当作无用的纸头丢弃了。

哥哥对父亲说："拿走氧气瓶，你呼吸不畅，你要受不住的。"

父亲说："以前生病从来不接氧气，这个医院特别，一天到晚接氧气。"他仍然要叫医生来，把一只氧气瓶拿走。哥哥无奈叫来医生，医生说："给你接氧气是花费最少，拿走氧气瓶可以，但在盐水里加几片进口药，一天就要好几百元哩。"

医生走了，父亲责怪哥哥说："你喊医生过来做什么，你把氧气瓶拿在一边就可以了。"

正好我去医院，哥哥对我说了这件事情，我对父亲说："阿爸，这氧气瓶让你透气好点，是医院最便宜的，如果你不接氧气就给你用进口药，

133

那氧气瓶堆满这个病房还不够进口药的钱。"

父亲听我这么说，才没有吭声。其实，父亲知道是我在付这个医药费，他是想省钱……唉，勤俭节约的观念在他脑海里竟然是如此根深蒂固。

晴谷得知他的祖父得了癌症很难过，他在网上查到一种虫草保健药对癌症有治疗作用，便花二万五千元买了一个疗程的虫草保健药。他关照老伯伯每天给祖父吃三顿，吃了癌症症状会缓和的，父亲听说是孙子买来的东西，就大口大口地吃着那种保健药，后来同病房有个人看见父亲在吃这种保健药便说：这种药挺贵的，你们家里大概是做老板的吧。父亲这才知道这些保健药要二万多元。父亲是一个习惯节俭的人，一生都没有吃过这么贵重的保健品，他火冒三丈。那天晴谷到医院来看望他，他便对晴谷发火道："你这个小孩怎么不把钞票当钞票，你知道你父母挣钱那么容易吗？"侄女菊红对我说：晴谷被阿爹训斥后，他只是对阿爹微笑，一点没有生气的样子。

我问晴谷："阿爹真的骂过你吗？"

晴谷回答道："我长到这么大，阿爹从来没有骂过我一句。现在阿爹在生病，他这样说我，是他不舍得我们为他花钞票，是阿爹还在为我们后代着想，他用这种方式教导我们，花钱不要大手大脚。"

晴谷在他祖父的床头，说："阿爹，你要多吃一口饭，这样你就有力气恢复，我们为你加油！"

父亲很相信孙子的话，让他吃米饭，他总是张口大吃，他想重新走出病房，他想重新站立起来！

要给母亲看病

关于死亡，可以说父亲是坦然的，父亲曾经与我谈论过死亡，他说："你阿爹活了66岁，我现在已经70开外了，比你阿爹活的寿命长了，还有村庄里与我一块上私塾的那几个人都没了，而我还活得蛮好。"

可见，父亲是一个乐观的人，是一个满足的人，是一个心态平和的人。

父亲得了肝癌，他却不想死。从查出来肝癌到逝世还不到3个月时间，所以他并没有留下什么遗言，我问母亲、哥哥与弟弟："父亲有什么遗言吗？他们都说父亲没有交代什么。"

但我有回忆，父亲对我有两个交代的。

一个是母亲身体不好，要带母亲去看病。

父亲在弥留之际，还对哥哥说："你把娘喊出来……"母亲到了医院，两个人握着手不愿意放手。父亲说："金妹啊，我要先走了，你腰不好，马桶怎么倒？我想不出什么办法。"原来，父母亲住在我造的一幢楼房里，他们的房间里没有卫生间，上卫生间要到外面的一间房间里，所以父母亲仍在用着一只马桶。因为母亲腰不好，所以倒马桶都是父亲夜里偷偷倒的，而我从来没有听说过这个事情，是父亲过世后村上人告诉我才知道的。后来妻子也知道了这个事情，我们都觉得内疚，对父母亲关心实在是太少了，所以我当即叫来泥工，将一垛墙头拆通，还换装了一只新的拉水马桶。这样母亲住的房间接通了卫生间，从此母亲便告别了马桶，再也不用倒马桶了。

还有一个就是晴谷的婚事。

父亲曾多次对我说过："如果我能喝上晴谷的喜酒，我死了，口眼也闭了。"可是，父亲终究没有等到这么一天。父亲已经过世3年多了，晴谷的婚事还是遥遥无期，让我与妻子非常着急。父亲只有几万元的积蓄，说穿了这些钱也是我与弟弟平常给他的，他都不舍得花，因为我家的老亲比较多，父亲的开支比较大，还有哥哥炳元收入少，父亲也要补贴一些钱给他。父亲说：钱要省着花，节俭是一生的品质呀。

而父亲并没有想到，他的一个儿子正在大刀阔斧地发家致富呢！

最后的豆腐花

医生对我们说，病人心脏越来越大，说不定一走就走的。所以，我们都晓得父亲即将告别这个世界了。我很难过，我纵有几千万，也只能眼睁睁地看着父亲痛苦地呻吟着，我愿意掏钱为父亲治病的呀！可是，老天不给我这个机会了。晴谷也对我说，如果能医治好阿爹的病，我宁愿用全部的家产换。

在父亲最后的几天，我们问父亲：你想吃什么？我们去买。父亲摇摇头，说："什么也不想吃，没有胃口了。"那天，我又去了，我问："阿爸，你想吃什么，我去弄来。"

父亲很吃力地说："阿有豆腐花？"

那时是下午2点，我跑到医院门外找了好多饭店，就是没有豆腐花，苏州街头的豆腐花都躲到哪里去了呢？我十分纳闷，幸好有一家饭店老板娘为我出了一个主意，她说："要么做一碗豆腐吧，我们可以做得跟豆腐花差不多。"

我捧着这一碗"豆腐花"来到了父亲的病床前。

哥哥一匙一匙地喂父亲，问："这豆腐花好吃吗？"

父亲咽了一口豆腐花，说："好，好吃！"他吐字已经不清楚了，但"好吃"两个字还是被我们听清楚了。我心里很内疚，我有一种欺骗父亲的感觉，因为我将"豆腐"说成是"豆腐花"，就这样，父亲最后的心愿，我也没有满足他，想起这些事儿，我真想大哭！

哥哥一直陪伴在父亲身旁，他说，父亲吃过几匙"豆腐花"之后，就再也没吃其他东西了。那天傍晚，我突然接到哥哥的电话，他说，兄弟，你过来，医生叫父亲出院，父亲也答应出院，云元正想办父亲的出院手续。我问："父亲神智如何？"哥哥说："他神智还清楚，父亲也想回家去。"我说："我马上过去。"

我问哥哥弟弟，谁叫父亲出院的？哥哥说，医生说的，如果病人死在医院，死人就不能拿回去。我反问哥哥：你听说过死在医院的病人不拿回家的吗？他们吓唬你，你也相信他们吗？如果父亲不行了，我来抱他回去！如果现在我们把父亲抱回家，我们兄弟三个就是杀人犯啊，看着父亲痛苦地大叫吗？

我问父亲："阿爸，你想回家吗？"

父亲有气无力了："不，不……"

我问哥哥弟弟："阿爸没说回家啊。"

哥哥说："真奇怪了，父亲明明对我们说要回家去的，你一来他就不想了……"

那一夜，我住在那个病房里，我与哥哥陪护父亲，父亲看样子真的不行了，这是 2012 年 1 月 8 日。

阿爸，跟我们回家

  2012年1月9日下午5时许，我们弟兄三个在医院，这时父亲的眼睛已经悄无声息地合上了，哥哥叫"阿爸，阿爸"，父亲身子动一下，就再没有其他反应。

  有个医生来了，说："病人现在还有一口气，现在可以出院，你们马上办出院手续。"

  我也来到父亲跟前叫道："阿爸，阿爸"，可是父亲连眼睛都不眨一下了。我知道，父亲虽说还有一口气，但他已经失去知觉……所以我们弟兄三个只好做出一个痛苦的决定：放弃对父亲的治疗，叫救护车送他回家。

  病房里，父亲要回家了，他要回家再看一眼自己的家啊！哥哥对父亲说："阿爸，跟我们回家！"

  父亲的鼻子里依然插着一根氧气管，他就躺在一副担架上，救护车在前面开着，我的面包车在后面跟着，想着父亲就这样走了，我哭了，我不知道自己的车子是怎么开回去的，爸爸要走了，以后看不见爸爸了，无法用文字描述我悲痛的心情，真的，我心痛，我没有给父亲晚年多大的幸福，只是让父亲不断地担忧，不断地忧愁，我很内疚！我突然想起了父亲喜欢的沪剧《碧落黄泉》，活生生的父亲竟然也走上了这一条路……

车子只能开到村口。

哥哥背着父亲，嘴里还在叫"阿爸，跟我们回家！"弟弟则抱着父亲的双腿，与哥哥合力将父亲放到他的床铺上。

你永远不会相信，当昏迷的父亲睡在自家的床铺上，他竟然睁开了一下眼睛，然后笑了一下。这是我亲眼所见啊，因为我就蹲在床上抬着父亲的身子。

这时，母亲伸手抚摸着父亲的额头，父亲突然身子抽搐了一下，吓我一跳。我对母亲说："妈，你不要碰阿爸，就让他静静地走吧。"

这时，父亲虽然没有大喊大叫，但他的胸脯起伏着，他的心正像被刀子割一样啊。那天夜里，我们一家人都没有睡觉，坐在父亲床头……

2012年1月10日早晨6时许，父亲的心脏永远地停止了跳动，享年77岁。一个为党的事业奉献一生的老党员走了，一个辛勤、坚强又慈祥的父亲走了，船了浜村庄一个优秀的儿子走了，我最亲爱的父亲就这样走了。

这天，中共相城区渭塘镇党委送来一个花圈、中共相城区渭塘镇骑河村党委也送来一个花圈。我在送行的人群里看到一位白发苍苍的老妇，她丢下一百元钱，在父亲跟前大哭，她与父亲无亲无故，据说那一年她的孩子生病，父亲借给她50元让她渡过了难关，几十年过去了，人家却没有忘记。

  没有承诺却被你抓得更紧
  没有了你，我的世界雨下个不停
  我付出一生的时间想要忘记你
  但是回忆，回忆，回忆
  从我心里跳出来拥抱你

第二辑　儿时的夏日风情

　　傍晚，下田的，打工的，跑买卖的庄稼人都陆续地回到了家，家可是温暖的窝么？每家搬一个桌子在自己的晒场上，男人们慢慢地喝酒，女人们绘声绘色给男人讲着村里有趣的事儿，这是夏日的乡俗，是村庄的风景。

　　夜幕降临，村庄的桥头与树下纳凉人最多，男人光着膀子，女人家穿着短衫短裤，和夏夜贴得最紧不过了，小孩子们则忙着扑打点点闪亮的萤火虫，他们把萤火虫装进玻璃小瓶里，成了一盏盏亮晶晶的灯笼，一边走一边唱着儿歌："亮火虫，打灯笼，照着哥哥去堵田窟窿……"

儿时的夏日风情

村口一棵古槐树下，一只黑头金翅的蝉嘶哑嘶哑地鸣叫着，夏日炎炎，树叶纹丝不动，树下，坐着三三两两的老人，有的在下棋，有的在逗小囡，有的在聊山海经……真让人羡慕他们的悠然自得。这时来了几个孩子，他们手执一根捉蝉的粘杆，三角形的杆头上绕满了蜘蛛网，如果你用手摸摸，很粘哩，他们瞅准了那只蝉，轻轻一捂便粘逮住了。

傍晚，下田的，打工的，跑买卖的庄稼人都陆续地回到了家，家可是温暖的窝么？每家搬一个桌子在自己的晒场上，男人们慢慢地喝酒，女人们绘声绘色给男人讲着村里有趣的事儿，这是夏日的乡俗，是村庄的风景。

夜幕降临，村庄的桥头与树下纳凉人最多，男人光着膀子，女人家穿着短衫短裤，和夏夜贴得最紧不过了，小孩子们则忙着扑打点点闪亮的萤火虫，他们把萤火虫装进玻璃小瓶里，成了一盏盏亮晶晶的灯笼，一边走一边唱着儿歌："亮火虫，打灯笼，照着哥哥去堵田窟窿……"

关于村庄里的一些树

　　在已拆迁得面目全非的村庄里，我眼睛一亮，突然发现了一棵树，它居然还在，没被拔掉，我为它庆幸。

　　这棵树龄比我年纪还大，我出生的时候，它已经生长在河边了。

　　儿时，我在这棵树下，听大人们讲过山海经的故事，与大人们围坐在一起做漫烟，那烟雾一起，蚊虫就飞走了。感觉这棵树就像一间大房子，温暖了我的童年。

　　那时候，村庄里最常见的一种树叫苦楝树，它结的果实不能吃，但可以做草药，采摘下来后将其晒干，卖到镇上的药店去。母亲说，我小时候会爬树，能爬到苦楝树的最上面，树枝摇晃，大人们在树下紧张得要死，可我一点也不怕。

　　从小带我的阿子惠好婆和母亲，以及祖母都在树下为我担心，拼命叫我快下来，我像个英雄似的，在树上面呆好久。

　　长大后我慢慢知道了，苦楝树是空心的，用它做的凳子，表面光滑，实际却不耐用。现在村庄里已找不到一棵苦楝树了。

儿时，我最喜欢一种树，叫桑树，它的果实叫桑葚。记得河边有两棵桑树，树枝都伸到河中央去了，采摘桑葚非常困难。我看见桑葚红了，就嚷嚷着要吃，阿子惠好婆就叫老爷爷借一只小船来，两位老人一起站在船上采桑葚。

为了让我吃上新鲜的桑葚，老爷爷想出了一个好办法，他找来一根绳子将桑树的树枝捆住，然后把绳子系在岸边的一块有洞的石头上，这样就省去了借船。老爷爷平时的营生是贩牛，他是村里公认的聪明人，可惜在那个年代被当作资本主义的尾巴，是要"割"的，他哪敢大张旗鼓地去做贩牛的生意哦。

小小放牛娃

  我有一个哥哥，他比我大 4 岁，还有一个弟弟，比我小 3 岁，但在我的心里，还有一个像亲哥哥一样的人，他就是沈哥。他比我大六七岁吧。是生产队的小牛倌，他每天牵着几条水牛在田埂上吃草。

  看见他骑在牛背上悠然自得的样子，我说我也要坐在牛背上。他说，你太小，不可以的。我说，让我坐坐吧，摔下来不怪你。沈哥只好抱着我上牛背了。他说，你不要乱动，牛会欺生的。他一直抱着我，不松手，生怕我从牛背上掉下来。

  后来，那几头牛认识我了，我坐到牛背上，它们也老老实实不踹脚了。烈日下，沈哥带着草帽，牵着一头水牛，我坐在牛背上，那是我小时候最开心的一件事。

  沈哥还带我去河里捉鱼，我也特别快乐。有一年秋天，生产队干鱼塘，水抽了一半，水泵坏了，队长说，不抽了，你们下去捉鱼吧，谁捉到归谁。我还小，就在岸上像小麻雀一样乱叫，其他人都捉了一筐筐回去了，而我一条也没有。沈哥从鱼塘上来后，拿了一条大鲢鱼对我说，你拿回家去。我拖着一条鱼回去,阿子惠好婆看见了,很惊讶,问我:囡囡,这大鱼哪来的呀!

我一直会想起这些事,这就是童年里最美好的记忆。

拉石磨

六十年代，包括七十年代，村庄里大都是平瓦房，在平瓦房里，每家都有一个石磨。生产队里发了大米，就用石磨辗米粉吃，而后做成团子，或在粥里放些米粉。

由于我喜欢吃糯米团子，所以妈妈与祖母就经常拉磨，她们白天参加生产队劳动，拉磨只能放晚上。母亲双手拉着木架，使劲来回地拉动，木架连接着石磨，石磨便转动起来，米粉就从两片石磨缝里挤溢出来，而祖母一手扶着石磨的木柄，一手不断地朝石磨上方的孔穴舀入米粒。看见母亲与祖母在拉磨，阿子惠好婆也会过来相帮，她和我母亲两个人拉磨，那石磨就转动得更快了。我在一边玩，两手抓着米粉，脸上身上全是白的。。

母亲将磨出的米粉还分了等级，起初磨出来的给大人吃，一是怕石磨不干净，二是磨得稍许粗糙了些，磨得更细的米粉则做给我们几个孩子吃。

母亲一字不识，却有一颗最慈蔼的怜子心！

祖父的草鞋

记得小时候，祖父与祖母是分开居住的，祖母与我们住在一起，我是跟着祖母长大的。祖父一个人的小屋子里常常是堆满了稻柴，那些稻柴被他整理得干干净净，就像在河里洗过一样。

总见祖父坐在一只长凳子上编织草鞋，那长凳子的一头有一个铁钉一样的耙子，祖父用一根又一根的稻柴勾出草鞋来的，小屋子里堆放了很多双草鞋。

祖父将草鞋挂在墙头上。这些草鞋，他并不出卖，只是自己穿，他是生产队的牛倌，他经常穿着草鞋去田埂上放牛。

记得祖父也给我编织过一双草鞋，可我只穿了一天就不肯穿了，那稻柴实在太硬，把我的脚都划破了。1982年，祖父过世，当时我在部队上没能回家送他老人家，这令我一直心怀内疚。后来父亲告诉我，挂在祖父墙上的那些草鞋都被村上一位五保户老人拿去穿了。

想来这大约正是祖父留给我们子孙的一笔特殊的遗产，教我要做事要沉静，执着，不哗众取宠，像草鞋一样朴实，脚踏实地。

花生香

记得我小时候,母亲借种花生之机,对我们几个孩子说,去请爷爷来,让他尝尝新的花生。爷爷来了,他嗅着花生说:"真香!你们长大要像花生一样,花生不是伟大、好看的东西,它很普通,但很有用,对人很有营养呢!"

就这样,爷爷给孩子们上了一堂人生课。

稍长,读着许地山的《落花生》,令人想起已逝去的童年,昔日的欢乐笑声,以及纯朴天真……由此联想到爷爷教育我们像花生一样,我更觉得花生因此而更加可爱了。我也因此更加喜欢许地山的《落花生》了。

许地山确实是影响我写作的一个作家。

读着他的书,似乎我顺着他的话思索下去……

从此,我也开始写一些乡土的人或事。我终于明白了爷爷教我们学花生,那就是做一个有用的人,一个有益于社会的人。

祖父与火柴

祖父与火柴的故事，我是亲眼目睹的。

解放后，祖父成了生产队的社员（到晚年做了生产队的牛倌）。他有一个独特的记录自己出勤的方法，凡出工一天就向空火柴盒里放一根火柴，如果只是上午出工，就将火柴棒一折为二，有火柴头的一半代表上午，没有火柴头的一半代表下午。

到了月底，他就把我叫去，说："孙子，你给我点一下火柴。"

如果会计少记或漏记了他的出勤，他就拿着火柴盒去找会计，他一丝不苟收集的火柴是很有说服力的。

祖父这种简单而朴素的记录方法，教会了我凡事只要动脑筋，总会找到解决办法的。

水缸

那时候每家每户都有一个水缸，一大早母亲就提着一只小木桶，来到河埠，跑七八个来回，将一缸水装满。

因为是湖水，所以需要一个沉淀的过程，一段时间后，河水变得清了，便可以舀来食用，母亲为了一家人的用水，每天都是这么不辞辛苦地提水，倒水，一年三百六十五天，天天这样。

一段时间母亲总是要清洗一次水缸，先将缸底的沉淀物用抹布抹去，然后将水缸置在太阳底下晒干，这样做的目的是为了保证水缸的清洁。。

我说："妈妈，水缸里有一条小鱼，我看见的。"

母亲说："那小鱼调皮，游到河埠寻找米粒吃呢。"

我说："小鱼蛮可怜的。"

母亲说："小鱼不是小虫，如是小虫，水就不能喝了。"

我每天放学回家，总跑到水缸来舀一大碗水喝个饱，母亲见了，会对我说，不能喝，要喝就喝汤罐里的水，那是煮开过的，喝了不会病。

那个年代，我就是喝着这水缸里的水长大的。

虽然事情过去了好久，现在条件也好了许多，我创业成功了，但那贫瘠的年代，在我的记忆里从未抹去，因为它教会我要珍惜眼前的福报，现在的一切，都来之不易啊。

绣花鞋

以前在我家，自留地上的菜是母亲种的，一天三顿的饭也是母亲做的，而我们三兄弟穿的衣服和鞋子是祖母一针一线缝纫出来的！

祖母的针线活在村里是出了名的好。父亲穿的裤子虽满是补丁，但像一朵朵花儿似的，他走到哪里，别人都说那裤子上的补丁像艺术品，父亲很骄傲地说，这是我的老母亲的手艺。

大白天，祖母参加田里劳动，晚上她就在煤油灯下做布鞋，那个鞋底子是几十层破布一层一层糊起来的，祖母纳鞋底手指上血迹斑斑。有时，天快亮了，祖母还在煤油灯下做针线。

那时候，村庄里的男孩女孩穿的都是解放鞋，而我们兄弟仨穿的却是布鞋，而且是绣花鞋，那鞋帮上绣有龙腾虎跃，还有玫瑰花开与五谷丰登，不知道这些美丽的图案祖母是从哪里找来的？

我祖母，在那个困苦的年代，用她一颗细致和柔软的心，在我幼小的心里栽下了一棵树，它的名字叫坚忍不拔。

水车转又转

我的祖父是牛倌，因此我比别的小孩幸运，可以在水车棚里玩。

一头老牛被一块黑布蒙蒙得严严实实。

我问祖父："为什么要蒙住老牛的眼睛呀？"

祖父说："如果不蒙布，老牛的眼睛是睁着的，它就会站着不动，也就不会拉水车了。"

我不相信。

我对祖父说："阿爹，你把黑布扯掉，看老牛跑不跑？"

祖父一把拉住牛绳，摘了它眼睛上的那一块黑布，我挥手打老牛的屁股，可真神了，它就是一步也不走！

祖父说："老牛被蒙住了眼睛，它就不知道在转圈子，于是一直走啊走，它是在寻找回家的路。"

那水车因此便不停地转动起来。我觉得挺有意思。

第三辑　吴歌情意

　　歌王临时编了一个歌对付我们，他的手指着女孩英和我。英不高兴了，她小手指着他骂："老老头，大风吹翻你的船，你死了鱼吃你。"我呆在那里不动，不知所措，而其他的孩子高兴得不得了，他们一边大声喊着："养八个儿子。"一边又蹦又跳到别处玩去了。

　　很可惜，小时候我不会写，不会记，如果把歌王唱的一个一个的吴歌记录下来，那应该是一件多么美的事。后来，等到我当了5年兵回来，这位歌王已不在人世了……

　　人生如歌，而我总觉得失去了许多美丽的东西，想起丢失的吴歌，我就会怅然若失。我知道，那里面有我童年的欢乐，也有我对吴歌浓浓的情意。

卖余粮的故事

二十世纪七八十年代，卖余粮是农民的头等大事，即使自己口粮不足，生产队也必须先交足余粮，因为卖余粮就是交农业税，就是热爱祖国。当时墙上有标语："爱国爱民，踊跃交粮。"

我十几岁就参加生产队劳动，多次跟着卖粮船去卖余粮。到粮管所看看那热闹的场面，我觉得是一桩非常开心的事。

生产队长选择天气晴朗的日子，安排船只与劳力去卖余粮。

在晒场上，有的男人在捐箩，有的男人用铁锹舀谷，妇女在旁边将散落在场地的稻谷扫在一块，十几个男人来来往往，没花多少时间就将三只水泥船装满了。

我坐在船上，两只小脚放在水里玩。"不要白相水，弄潮稻谷会卖不了的。"队长是一本正经说话的，因为卖余粮实在是很烦的一件事，粮管所的验粮员个个铁面无私，若稻谷水分超标，或者杂质超过比例，他们都不收购的。

队长与生产队的男人们约定，如果卖掉余粮，就买些猪肉，再从生产队菜地摘些萝卜白菜,大家在一块吃黄糊,喝一回老白酒。

所以,男人们都干劲十足。

渭塘粮管所依水而建,里面的圆圆的粮仓像蒙古包,有些神秘,沿岸停泊了许多装满稻谷的船只,都在等候着。那些验粮员拿着一根尖尖的竹子,在船只之间跳过来跳过去,跳到船上就一竹子插到船底,然后把抽出来的稻谷倒在一只小小匾里,再递给旁边粮管所的同事,让他们去化验,看稻谷是否合格。

旁边船只上的稻谷验收合格了,他们欣喜若狂,我们都十分羡慕,他们马上舀谷用箩捐,一箩八九十斤上肩,没有一个男人叫苦叫累的。

轮到我们生产队的船只抽稻谷检验了,生产队长连忙派一支烟给检验员,一脸的卑躬屈膝,那检验员神气活现,将几粒稻谷塞在嘴里一嚼,立即吐在地上,道:"不干,潮得很。"

队长说:"这几天,太阳不太好,请高抬贵手!"

检验员说:"看看里面检验数据再说。"

过了十几分钟,检验结果出来了,稻谷水分超标,这三只船的稻谷都得退回去。

队长跟着检验员,央求道:"帮帮忙吧,我们也花了很多劳力的。"

检验员不耐烦了,道:"我收下来,稻谷放在仓库里烂脱,你负责任吗?"

一下子,大家心灰意冷,我想我是检验员就好了,就不让我的父老乡亲如此失落了。

三只船慢慢地在小河里前行,男人们都虎着个脸,摇船的力气一点也没有了,到了天黑船才到达晒场岸边。本来讲好晚上吃黄糊的,最后也不了了之,谁也不敢在队长面前说吃大肉喝白酒的事了。

当年的渭塘粮管所在水泥桌面上,放着一排磅秤,磅秤的都是农家姑娘,是粮管所临时招收的收粮员,卖余粮的男人将一箩稻谷捐在磅秤

157

上，姑娘磅过稻谷分量，然后抽出一支筹码给捐箩的男人，忙碌而井然有序。

如今啊，水泥桌面上堆满着许多杂物，看来它是被现代人遗忘了。

再说起卖余粮，或许网友也会说我：你OUT了。

吴歌情意

小时候，老家河浜的小渔船上住有一位弯背的小老头，别看他模样长得丑，他可会唱很多很多的吴歌，真的很好听。在我的印象中，他不仅是个十分随和、快乐的老头，还是个歌王。他有唱不完的吴歌，但至今没有人知道，他的那些丰富又动听的吴歌究竟是从哪里来的？

歌王名叫顾阿荣，村里的男女老少都喜欢听他唱歌，有的妇女为了听他唱歌，还给他送去自家地上种的蔬菜，有的老年妇女还给他缝补衣服，乡人亦是温馨。我们小孩子要听他唱歌，讨好他的唯一办法，就是去捉癞蛤蟆给他吃，他实在穷得没一点法子，没有钱买肉买鱼吃。

我们男孩子女孩子常常捉了几只癞蛤蟆去听他唱吴歌，去他的小船寻找欢笑，寻找可爱。歌王便坐在船梢上开始悠悠扬扬地唱起吴歌来：

　　天亮哉，鸡叫哉
　　豆腐人家牵磨哉
　　杀猪人家磨刀哉

159

勤俭人家起来哉……

　　歌王一边起劲地唱，一边扮怪相，手舞足蹈的样子，惹得我们也手舞足蹈起来，响起一片"哇哇哇"的欢呼声。他唱歌的憨态，那时的我觉得是天底下最真实、最动人的景致，虽然他是那样瘦小、那样苍老、那样憔悴。

　　冬日天气冷，我们小孩子捉不到癞蛤蟆了，可我们仍要听他唱歌，你说怎么办？我们一群孩子就跑到他小船停泊的岸边，齐声高喊口号："顾阿荣，快唱歌，你不唱，我们要上船摇，一块做个落汤鸡。"

　　"好好好，我唱，我唱。"歌王从船棚里钻出来，他那个挤眉玩弄眼的怪相，已让我们这些孩子又惊又喜了。

　　你格女孩子
　　嫁给那个小二子
　　养格胖儿子
　　要养八个儿子

　　歌王临时编了一个歌对付我们，他的手指着女孩英和我。英不高兴了，她小手指着他骂："老老头，大风吹翻你的船，你死了鱼吃你。"我呆在那里不动，不知所措，而其他的孩子高兴得不得了，他们一边大声喊着："养八个儿子。"一边又蹦又跳到别处玩去了。

　　很可惜，小时候我不会写，不会记，如果把歌王唱的一个一个的吴歌记录下来，那应该是一件多么美的事。后来，等到我当了5年兵回来，这位歌王已不在人世了……

　　人生如歌，而我总觉得失去了许多美丽的东西，想起丢失的吴歌，我就会怅然若失。我知道，那里面有我童年的欢乐，也有我对吴歌浓浓的情意。

又见炊烟升起

  许多童年的往事，虽说过去了几十年，但依然记得十分清晰。
  在炊烟袅袅的小村头上，我们一群男孩子女孩子，用杨树柳扎成帽子套在头上，手挥柳条，一条声地大喊大叫："杨柳青，杨柳青……"
  那时候，有部电影《小兵张嘎》，看见张嘎去堵塞胖子家的烟囱，我们小手也发痒，第二天趁大人们都在田里干活，我们几个孩子就爬上人家的屋顶，将几十户人家的烟囱都堵塞了一个稻柴。傍晚时分，老乡们歇工回家，他们用柴灶烧饭，结果烟雾都跑不出去，回到屋里面了，弄不清怎么回事？而我们几个孩子在外面偷着乐，有大人找到我，责问道："这稻柴是不是你堵塞的？"我居然拍着胸脯说："谁会做这种缺德事啊？"由于我们始终不承认，后来此事也没有人追究下去，不了了之了。
  那时候，有浙江人过来用柴把子通烟囱，烟灰是撒在茶叶上做肥料用的。浙江人站在门口，满脸是黑乎乎的灰，他说："小弟弟，让我通一下烟囱吧。"
  "不行。"我回答。

"明年来时，我给你铅笔。"浙江人说。

"你不会骗我吧。"

"我们浙江人最讲信用，才不会骗小孩子呢。"

浙江人麻利地通了几下烟囱，倒了烟灰走了。我便盼望浙江人再来，可却像断线了的风筝，从此音讯全无。

妈妈说："通烟囱人是说玩笑话的，你别指望了。"

"不会的，我相信他会给我铅笔的。"

我终究没有等到他来。

这以后，我曾对浙江的老战友说："你们浙江人不讲信用哎，还欠我几支铅笔呢。"

还记得小时候，傍晚时分我们在村头玩，见到炊烟飘飘然的，心想：今晚母亲会做什么好吃的呢？跑回家，母亲从柴灶的灰里夹出一只煨山芋，黑乎乎的，还冒着热气呢。

"慢点吃，别烫着嘴。"母亲说。

"我晓得格。"我吃着煨山芋，觉得我是天底下最幸福的孩子。

有时，我傍晚回家，母亲在烧粥，她会揉些米粉，在粥锅上面烘几只米饼。我急急地拉开锅盖，取了米饼就吃，母亲说："没人与你抢来吃，别烫着嘴。"那米饼好香哟，是我吃过的最好的米饼了。

后来，我在北国当兵，远远地想起这些东西，才发觉这就是家的味道，故乡的味道。

1984年10月，当我阔别家乡四年回来探亲时，走到村庄看见一缕缕炊烟升起，眼泪一下子模糊了我的视线。我回来了，故乡啊，我的父老乡亲！

直至今天，我家的老屋仍在，父母亲住在那里，他们还习惯用柴灶做饭。只是现在农村不种水稻了，他们没有稻柴可烧，于是父母亲就到田野砍柴，我于心不忍，好几次叫他们不要去砍柴了，你们用的煤气由我付钱好了，但父母亲硬是不肯，他们说一辈子用柴灶做饭习惯了，用煤气又贵又不习惯。

　　每次回家，炊烟总是在我眼前飘飞。但愿人世间所有美好的情感，都能化成故乡的炊烟，从我们的心底升起，并让淡淡的忧伤随风而去……

农家屋檐下

　　直至今天，你在渭塘农村依然能够看到这样的景致，农楼屋檐下都攀着几根丝瓜藤，那上面挂满了许多长丝瓜，瓜蔓青青，楚楚可爱。

　　二十世纪六七十年代，农村被贫困笼罩着，乡亲们一天到晚围着田地转。但却有一处让乡亲们着迷的地方，那就是农家屋檐下，遇到空闲时，乡亲们都爱在屋檐下消磨时光。

　　乡亲们围在一起更多的是说说山海经，说说村里有趣的事儿。而妇女们在屋檐下，有的编织绒线，有的扎布鞋底。有位年轻姑娘躲在一边飞快地在织毛衣，她的对象当兵在很远的地方，姑娘要赶在寒冷来临之前，把这件毛衣给心上人寄去呢。

　　小孩子们在玩翻纸拍子的游戏，他们将旧报纸折叠成方拍子，然后孩子们就在屋檐下玩开了，赢到纸拍子的孩子欢天喜地，输掉纸拍子的孩子则央求大人再折叠纸拍子，屋檐下因为孩子们的嬉闹而像打翻了网船一样热闹。

　　有时，还会玩一种叫斗鸡的游戏，别看我身材瘦小，可非常灵活，同龄的孩子都败在我手下。

到了冬天，屋檐下就像暖炉一样，吸引了更多的人来晒太阳。男人们蹲在墙角抽水烟，几个小孩子围着一只铜脚炉在爆蚕豆，铜脚炉里面燃烧的是秕谷，没有火苗窜出来，只是炉子很烫的，孩子们就在上面放了十几粒蚕豆爆来吃，只听见啪的一声，蚕豆熟了，孩子们就伸手抢来吃，手脚快的抢到了蚕豆马上塞到嘴巴里，哪想蚕豆很烫的，痛得他哇哇大叫。为了让别的孩子不抢来吃蚕豆，有的孩子就在蚕豆上抹自己的唾沫，别的孩子嫌脏就不抢了，而那个抹过唾沫的蚕豆居然更香。

这一天，铜脚炉是黑蛋家的，黑蛋口袋里装了许多生蚕豆，在炉上面烤。

旁边围了几个女孩子。都想吃蚕豆，黑蛋挺大气的，分给她们吃了几颗。

到了冬季，乡亲们还在屋檐下打柴谷，即用一根小竹棒将稻柴上剩余的稻谷打干净，以求颗粒归仓。打柴谷唱主角的大多是村庄里的妇女们，她们各人头系粗布方巾，围坐在屋檐下，一边晒太阳，一边打柴谷，还不时说说笑笑的。

虽说打柴谷晒场上灰尘弥漫，而我却是满心欢喜的，逢着星期天就约三两小伙伴在那里玩耍，一则帮助大人们搬柴，那些婆婆婶婶夸赞我是个好孩子，我搬柴的劲头更足了；二则我们小孩子们在柴垛里捉迷藏，或打柴仗，每次玩得很疯狂。

到了吃饭辰光，或者歇夜工哉，大家才纷纷直腰，抖头巾，拍衣裳，快快活活地回家去，忙着淘米做饭了；男人们在外面罱河泥也快要回家了，年轻的母亲则回家开始看小孩了……生活是那样艰辛，日子也是那样平淡，但只要内心知足便是莫大的幸福。

如今屋檐下也只是屋檐下了，很少看到那些过往的情景了，心里真的有几分淡淡的忧伤。

摇纱机

说起摇纱机，我的脑子里就会想起老祖母，想起她在煤油灯下摇纱的身影。

40年前，我只有七八岁，那时农村很苦，农民们除了挣工分，也没有什么其他收入。老祖母白天在田里干活，夜晚就在煤油灯下摇纱，那摇纱机吱呀吱呀的声音不绝于耳，等我一觉醒来，老祖母仍在摇纱哩。我说："好婆，快天亮了，你怎么还不睡觉啊？"老祖母说："快了，还有一把纱放好，就睡觉了。"仅靠父母亲挣工分，我家到年底分红还是"透支户"，所以平时老祖母靠摇纱挣些酱油钱，以贴补家用。

我的老祖父性格非常暴躁，有一次他喝醉酒了，夜里老祖母在摇纱，那个声音把他吵醒了，老祖父爬起来不分青红皂白，拿起皮带就抽打我的老祖母，并把一只摇纱机甩到了河里。父亲知道后，叫来姑父几个人把老祖父用绳子捆在一棵树上，让蚊子叮了他一夜，天亮了，老祖父酒醒了，父亲问他："以后你还打娘吗？"老祖父说："不打了，这个家都是你娘操劳的，我对不住你娘。"从此以后，老祖父再也不敢打老祖母了，老祖父的脾气也变得好多了。

傍晚，老祖母在摇纱时，村上有几个老好婆都会聚集过来，她们有的扎鞋底，有的拆纱头，反正没有一个人闲着的，她们讲讲山海经，讲讲村里的新鲜事，好像闲话讲不完的。我在旁边做作业，特别厌烦她们的唠叨声音，没好气地对她们说："你们声音能不能讲得轻点呀，再讲得起劲，我要赶你们走了！"这时，老祖母会训斥我一句："你个小人怎么这样勿讲道理，脾气要学好点。"那几个老好婆便默不作声，她们坐了一会儿就各自回家去了。我发火没用，第二天，她们还是会来陪我祖母摇纱的，并且老姐妹长老姐妹短，她们的闲话像滔滔江水没完没了。

现在我感觉老祖母她们也是很不容易的，在那个艰难困苦的岁月里，她们空闲时就做红娘，成人之美，而且不收分文，应该说都是义举。

像我的老祖母一生做成功几十对婚姻的，夜晚她除了在家摇纱，就是与几个老姐妹外出做媒人，不厌其烦。

老祖母做媒人是不收一分钱财的，但结婚人家都会送一包糖果给我的老祖母，老祖母自己舍不得吃一颗，都给我们3个孙子吃的，我为老祖母巧舌如簧的嘴皮子功夫很是自豪。可父亲却说不要去做这种吃力不讨好的事情，但老祖母瞒着我的父亲与几个老好婆继续说媒，乐此不疲。

老祖母不仅会摇纱，她做的针线活在村里也是出类拔萃的，很少有人能比过她，她给我们三个孙子做的布鞋上面绣花，活灵活现，村里妇女看了都羡慕不已。

3年前的中秋节，老祖母离开了我们，她的一只梳妆盒由我父亲保留着，据说是她出嫁时的陪嫁，很有些年代了，20年前曾经有收古董的愿花50元钱收购梳妆盒，老祖母没肯卖。如果老祖母使用过的摇纱机还在的话，那该多好啊，我将把它作为传家宝。

养猪

　　小时候，家里日子不好过。有一年春节，生产队分红，我和弟弟拿了一个挎包准备去拿钱的，可会计通报分红情况，说我家是"透支户"，看着人家拿着分到的钱很快活的样子，而我家没有一分钱，妈妈哭着回家的，我和弟弟也哭了。

　　好多年我家都是"透支户"，父母拖着我们兄弟三人真不容易，好在我母亲非常勤劳，她利用空闲在家养猪，那猪长大了便出售，猪粪交给生产队换取工分，可谓一举两得。

　　有一年大约已是初冬，母亲看着猪圈两头猪冷得可怜，就想找点稻柴垫在猪圈里，当然生产队晒场有几个柴垛堆在那儿，但那是不好随便拿的。母亲找到副队长，想向他讨一包乱柴，副队长说："这事我做不了主，你要问队长的。"副队长的老婆在一旁对我母亲说："嫂子，不要去问队长的，你偷偷去拿一捆乱柴又有什么关系呢？"母亲也没多想，真的去生产队的草垛上拽了一捆乱柴回家，却没想到，母亲刚到家，生产队好多家的妇女都到晒场背乱柴去了。原来是副队长的老婆去挨家讲的，她说:"快去晒场拿柴啊,大队书记老婆带头在拿呢。"生产队追查此事,发现第一个拿柴的是我的母亲,她是大队干部家属,这事上报到大队,父亲在社员大会上作了深刻检查,检讨自己没有教育好家属,此外,还赔偿了集体损失。

养猪最怕传染病。有一天早晨,邻居家嚎啕大哭,原以为出了什么大事情,我们都穿好衣服出来看,原来是她家一头七八十斤的肉猪得病死了,她本指望这头猪养大出售,给儿子找媳妇派点用场的,不料猪死了,她觉得天塌下来了。

我家也遇到过这种情况的,还过半个月就要出售了,偏偏猪不肯吃食了,再过几天猪四脚朝天了。父母亲要把猪埋掉,可祖父横竖不肯,他说:"腌后可以吃的。"于是,祖父找来一口缸,烧了一锅热水,将死猪抬到缸里,刮毛剖肚,然后买来粗盐将猪肉腌起来,过些日子将这些猪肉放在屋面上晒干,祖父一点点蒸肉吃,似乎吃得津津有味。有时,祖父招呼我也去吃肉,但我知道是死猪肉,硬是摇摇头,不过去吃。这时,祖父喃喃地说:"都是精肉呢,总比咸菜好吃呀!"

告诉你,幼时我有许多梦想,想考大学,想参军,还想当个收猪师傅。记得有一天早晨起来,父亲与乡邻已将一头五十多公斤重的肉猪捆了个结实,抬在小船上了。于是,我跟着父亲去小镇上卖猪。

"卖掉猪了,就买肉吃,还给你买小人书看。"父亲说。

收猪师傅是个五十开外的瘦老头,他姓周,绰号叫"摇摇头"。有个老乡去卖猪,他以为"摇摇头"姓姚,便大声说:"姚师傅,请你高抬贵手。""摇摇头"最忌讳别人叫他绰号了,于是他毫不客气操起剪刀就在猪身上打了一个叉,可怜那老乡只好把猪抬回去了。

真的没想到,那次我家去卖猪,"摇摇头"看了果真大摇其头,"太瘦了太瘦了,拿回去再养十天吧。"他一边说一边剪叉,神气活现的样子让人又气又恨。

父亲黯然神伤，坐在船头叭嗒叭嗒抽水烟，他的泪洒在小河里。而我没能吃到红烧肉，没能买到小人书，我也哭了。我对父亲说："爸爸，我要读书，长大后我就做收猪的，我们不求他。"

父亲笑了笑，但是船的速度终究没有来时摇得快了。小木船，你载不动我无奈与苦涩的童年心事啊。

1987年等我造楼房时，在后面也还是造了一间猪舍，且是用砖瓦建的，大概只养了一两年的猪吧，以后就不养猪了，一直到现在也都没再养过。那个靠养猪过日子的贫穷的时代，已一去不复返了。

脱粒场

脱粒场，渭塘人称之为野场，是收获稻谷与麦子的场地。

一到农忙季节，脱粒场便机声隆隆，夜晚灯火通明，它的四周堆满柴垛，这些柴垛有圆柱型的，有长方型的，像草原上的房子一样。

我们生产队的脱粒场建在一个坟堂上，据说这个坟是太平天国年代的，脱粒场旁边到处是石灰，说那石灰就是当初砌坟墓用的材料。挖这个坟墓的时候，我年纪还小，但我亲眼看见从坟墓里挖出来一个女尸，挖出来后一直下雨，结果那尸体就泡在雨水里，后来有人将她挖了一个坑就地安葬了。

我对一些小伙伴讲这个事情，大家都不相信，说我是骗他们，想让他们害怕，让他们不干活没有工分得。

他们认为我是别有用心。

可是队长却任命我为孩子小头目，所以这些孩子还得听我的，由我派工。白天，我们在田野割稻、抢种，到了夜里，我们就转战到脱粒场，与一些老人一起脱粒，一起抢收，小小年纪的我们，便开始承受劳动的艰辛了。

脱粒场上架着两台脱粒机，像老虎一样吼吼地叫，我让老人们在机器后头搬柴堆柴垛，派几个小孩脱粒，而我则负责耙脱粒机前面的柴壳，还要在机器后面搬稻。那些水稻用担绳捆着，一捆起码有二三十公斤重，要将这捆稻搬起来很吃力，我只好在地上拖它。有的小孩不服气，认为我是偷懒，要换我的活，我说可以，马上调换，但不可以再换了。那小孩搬了几捆稻，一屁股坐在地上叹气道："我搬不动了，还是让我脱粒吧。"

这时，我会摆摆官腔，道："对你说过，脱粒是省力的，你就是见人挑担不吃力。"那孩子一声不吭了。

其实，脱粒是很危险的事情，因为水稻里有野草，且往往比水稻长，如被脱粒机卷牢，并卷牢脱粒人衣袖时，后果不堪设想。那时在乡下因脱粒发生事故的有很多，有一个女知青脱粒时衣袖被机器卷牢，结果失去两只手指。

相对而言，我们讨厌割稻，因为割稻很吃力，我们还是喜欢在脱粒场做活，还由于在脱粒场领导我们的是木匠海生叔，按照生产队的规定，大忙季节他必须支农，队长派他到脱粒场做孩子王。

起初，队长派来脱粒场领导我们的是袁木匠，但这个人动嘴不动手，要我们如何如何，自己则经常坐在一边抽烟，我们觉得他这个人没有领导方法，都不听他的话，队长知道了便叫他做别的活去了，这样海生叔便到脱粒场走马上任。海生叔来了，我们这些孩子便兴奋起来，我们觉得他是个大孩子，像我们一样天真活泼。他得我们欢心的方法是：与我们一起干，与我们一起玩。

脱粒场上水稻堆得像山一样，海生叔指着这堆水稻说："大家快点做，脱掉这些水稻，我们坐下来歇一歇。"

我们说："你要讲故事给我们听。"海生叔说："好，我给你们讲唐伯虎点秋香的故事。"

那时，我们世面见得少，还真吃海生叔这一套，于是大家都像拧紧了发条的钟，你追我赶。

一堆水稻脱粒完了，我跑过去拉掉闸刀，脱粒机立刻停止了轰鸣，野场恢复了宁静。我们顾不得拍掉身上的灰尘，就围着海生叔听他讲故事，他坐在柴堆上，像一个说书先生，道："那唐伯虎是苏州才子，有一次他在虎丘游玩，遇见了华员外的丫头，她名字叫秋香，那个秋香朝唐伯虎一笑……"海生叔说得口水飞溅，我们听得入神，忘记了劳动的疲劳。海生叔识字不多，肚子里却有那么多的故事，我对他佩服得五体投地。

当大家听得乐不可支时，海生叔突然卖起关子："现在就讲到这里，大家继续干活，等干好活我再接着讲下去。"大家显然对他的故事有了一种期待心理，纷纷站起来不声不响地干活去了，不为别的，就为了听海生说讲故事，也要好好干！仔细想一想，这不正是海生叔帮助我们解除疲劳的一种技巧吗。

海生叔不仅会讲故事，还会唱山歌，我听过他唱的很多山歌。每天从脱粒场回家，他就情不自禁地高唱一曲，老远老远的就能听到他的歌声，那时我觉得他有点"山歌王"的味道。

伊汪，啊汪 / 车水人腿里酸汪汪 / 伊汪，啊汪 / 街浪人里床翻外床 / 伊汪，啊汪 / 田底崩拆稻苗黄 / 伊汪，啊汪 / 车水人眼里泪汪汪……

"伊汪，啊汪"，海生叔唱得我们眼里泪汪汪了，我们还是未成年人啊，却没日没夜地与大人一样做双抢，与旧社会车、水、人苦得差不多，幼小的心里似乎也有说不出的苦。不过，看看村庄与田园的风光，看看田头劳动的人们，我们便很快开心起来，一起跟着海生叔唱："车水人眼里泪汪汪"。海生叔的山歌，给我们的童年增添了许多缤纷的色彩和快乐！

1985年11月，我退伍回来，这时苏州农村已实行分田到户了，原来生产队的这片脱粒场已经没有了，代替它的是每家门口的晒场，到了农忙季节，这晒场摇身一变成了脱粒场。

　　白天，我与父母亲、哥哥嫂嫂还有弟弟，在田里劳动，到了晚上就在晒场脱粒，比如收到场上四亩水稻，我们父子几个下了决心，不脱粒完就不睡觉，这样常常要做到早晨3点钟。等到第二天早上，邻居惊讶地说："昨天还是一场的水稻，今天看见是一场稻谷了。你们一家做事就是决心很大。"我们没睡几个小时，又起床投入到田里劳动了。

割稻

70年代，苏州农村都是种的双季稻，于是有了"做双抢"，即抢收抢种。那时，我只有十来岁，也跟着大人们"农业学大寨"，过早地参加农业劳动，比如割稻、脱粒，甩猪粪等等。

我们生产队有4个男孩子，还有4个女孩子，年纪都差不多大，队长指派不动大人，竟然动起了我们小孩子的念头，叫我们去田里割稻，还叫我们到晒场脱粒。这样，生产队的150亩水稻全部是我们8个孩子割过来的，当然大人们也是忙碌的，他们负责挑稻、挑秧、插秧等。

每天早上，天微亮，我们一群孩子就磨刀霍霍走向稻田。路边的小草上布满露水，所以我们穿的解放鞋都沾满了水渍，下到稻田里鞋子湿，衣服也被稻上的露水弄湿了。

由于队长选我为小头目，大家都听我的指挥，我也身先士卒，自己打先锋，第一个下田割稻。由于这稻靠近田埂，所以根部长得比田中间的老，这样割稻要用足力气，但我手脚快，比其他孩子割稻快，才不至于被他们追上来，如果有谁追上你了，前面的人只好让位给他。割稻就是这样的拼死拼活，你追我赶。

意志不坚强的，割稻是坚持不到最后的，一定半途而废。

我们生产队的田叫六丈田，可见它有多长了，你割了半天稻，直起身子看看还在田中央，远没有到田头呢，于是又挥镰刀猛割。特别是太阳高照，你在稻田里气喘吁吁，喉咙发痒，但稻在那儿，你只能咬着牙继续挥汗如雨。偶尔看见一个人从田埂上走过，你就特别的羡慕他，他多么开心啊，不用割稻，像鸟一样快活。

由于割稻，我们的小手上都是老茧，这也是我们特别自豪的一件事。当时，有一部电影红极一时，叫《决裂》，讲的就是大学生与知识决裂，在广阔天地接受贫下中农再教育，那个手上的老茧标志着与反动知识分子"决裂"了。而我们的双手也布满老茧，我们是无产阶级革命事业的接班人。

不仅手上长满了老茧，额头上也是伤痕累累，因为你埋头割稻，那稻穗倒地时常会打到你额头，抽得额头破了，流血了，割稻流血是经常的事，不小心镰刀就会割破自己的手指或脚膀，我就割过自己脚的，至今还有一块疤痕。

割稻时，常会看见野鸡出没，但那些野鸡特别机灵，一有动静，就跑得无影无踪了。有一次，我们在稻田里发现了一个野鸡窝，那大野鸡看见我们，一下就逃之夭夭了，但一窝小野鸡还傻乎乎地呆在那儿。我们几个孩子，就每人抱一只小野鸡回家，我们想饲养小野鸡的，可惜好景不长，没几天就死了。

18岁，我当兵去了，当时想，我终于跳出农门了，从此不用再割稻了。不用割稻，是我当时一个极纯朴的梦想。

不想，我很没出息，服役五载，退伍回来依旧割水稻，只是其时已是80年代，苏州农村已告别了种植双季稻，而改成种单季稻了。当时，我家有十几亩农田，包括父母、哥哥与我，我们还是一个大家庭，田没有分开。

我看着老母亲和嫂子俩人割稻，父亲与哥哥负责挑稻和其他农活，于是提出我也去割稻，但嫂子说你好几年没下过田了，你不用割稻了。但我想，我能割一些，母亲与嫂子就可以少割一些，这样我就拿着镰刀下到田里。

由于小时候割过稻的，几天下来，我的手脚活络了，比母亲割得快，但比嫂子还差些，她割稻又快又好。很可惜，我嫂子命苦，前年得病去世了。我每每看见水稻，就会不由自主地想起嫂子，她是一个勤劳朴实的劳动妇女。

以前，我看见水稻就头皮发麻，一直想跳出农门，现在看见水稻金黄，我的心里竟然多了许多亲切，还有自然与纯朴。

真得感谢割稻，是它给了我人生最初的苦，让我知道了什么是艰难和如何走过艰难。如今面对金黄的稻谷，我更多的是一种亲切和对往事怀想而生出的淡淡忧伤。

黑白电视机

60年代，当时农村人的梦想是"楼上楼下，电灯电话"，大队开社员大会，不是电话通知的，而是大队干部在广播室喊话，装在村庄里的喇叭可谓响彻云霄。

到了70年代，许多农村开始通电了，漆黑的村庄，夜里也有了灯火。原来，我回家做作业，都是在煤油灯下，一次我把煤油灯打翻了，被老祖母打了一顿。后来家里装上了电灯，不过总是暗暗的，没有别家的亮，老祖母说灯泡度数低些，可以省电。我离开房间不关灯，要被大人骂的。现在，我随手关灯的习惯，是小时候养成的。

黑白电视机的出现，我记得是1976年，这一年的9月9日，敬爱的毛主席离开了我们，全生产队的社员围在一起开毛主席追悼大会。

当时，船了浜四个生产队，只有我们11队买了一只黑白电视机，14寸的，很小的那种。然而就这样也还是引起了不小的轰动，一到夜晚，队里男女老少都围坐在电视机前观看。

这台黑白电视机由生产队会计保管，就放在他的家里，队长认为我有文化，有组织能力，就叫我负责放电视。所以，一吃过晚饭，我就要跑到会计家，而会计已把电视机搬到了场上，他将电视机放在一只木头柜子上，有根电线拖到他屋里。

我让大家离电视机远一点，一则不要拥挤，把电视机弄坏了就没有电视看了，二则有助于保护眼睛。村里人很听话，没有人与我争执的，当我拧开电视，就没有一个人讲话了，大家聚精会神看电视，如果谁大声讲话，会群起而攻之。

那时的电压不是很稳定，加上电视机质量也不太好，所以有时画面不太清楚，其实我也不懂电视的，只好一会儿开，一会儿关，碰巧电视画面清楚了，于是大家欢天喜地；有时弄不好，我心里火了便拍打电视机，唉，居然又清楚了，有点搞不懂。

有一次，电视里放故事片《画皮》，村里的一些女人便讲鬼故事了，说这个世界真的有鬼，有人煞有介事地说，看见村庄前面的田里出现过许多没有头的鬼，他们骑着马，马也没有头的，她们说得像真的一样，吓得我们小孩子夜里都不敢出门了。

还记得毛主席追悼大会那一天，在电视里看见毛主席遗容时，许多人当场都哭了，有的老妇女号啕大哭，我也哭了。

现在，不知道这台黑白电视机去了哪里？

如果在，也该算一个文物了，或许我会收藏它的。

吃黄糊

所谓吃黄糊就是由集体掏钱，或者众人凑份子，聚集在一块喝酒吃肉。那年代，乡亲们最起劲的莫过于吃黄糊了，虽是粗茶淡饭，低劣的酒水，但众人难得聚在一起，又说又笑的，又喝又吃，那味道最香浓，那场面最热烈，大家没有什么客套，也不故作文雅，个个吃得心花怒放。

有一年冬天，一个雪花飞舞的日子，生产队抽干一条鱼塘，男人们不顾寒冷，冒雪捉鱼，手指都冻得胡萝卜似的，而女人们你拿来碗，我拿来筷子，凑齐锅碗瓢勺，弄来烧火的硬柴，买点油盐酱醋，开灶烧饭做菜了。这回吃黄糊主要是吃鱼。捕出来的鱼，大的草鱼要拿到镇上去卖，鲢鱼鲤鱼则分给全队的社员们，而留作吃黄糊的是黑鱼、白鱼，还有甲鱼、虾等。

平日里，难得闻到鱼腥的乡亲们，这回可以放开肚皮大吃一顿了。

忙碌了半天，女人们已煮好了好几锅鱼，红烧、清蒸应有尽有，村庄里弥漫着一股浓浓的鱼香味。大伙儿围成一桌又一桌，盛鱼的青边碗也嫌小了，改用脸盆来盛。乡亲们忘记了劳动的艰辛，完全沉浸在一片欢乐之中。

　　大人们给小孩子每人盛满一碗鱼，关照道："当心骨刺啊，慢点吃好了，吃完了还有的。"我很快吃完了一碗，又再来要一碗，那么多人在一起吃，胃口特别的好。我很聪明，拿了一碗鱼急急跑回家，将鱼倒在自家的碗里，又跑回去再盛一碗。吃饱了，小孩子们又一道玩斗鸡游戏，真是快乐无比！

　　有时生产队里杀猪，或者卖了余粮，乡亲们都会想着法子吃一顿黄糊。那年代，大家的脑子也简单，除了在田里干活，就是变着法子想吃了。

社员大会

我的母校劳动小学与大队部连在一块,小学校只有五六间平房,出校门就是一条小河,学校旁边是大队的破布厂,后面就是大队部,大队部与小学校一样,也是几间低矮的平房,在大队部与学校之间,有一片蛮大的广场,在广场西面有一个土戏台,用砖头砌成,开社员大会时,它就是主席台,放一张课桌,大队干部便在上面做报告了。

广场是烂泥地,一到下雨天就泥泞不堪,天好时,我们这些小学生就在广场做广播体操,还有课间玩耍。有时,我会跑到土戏台上,拿一截树枝做话筒,有板有眼地发表讲话,惹得台下的同学们哈哈大笑。

大队要开社员大会了,先会在广播里通知,那时家家户户都有一只广播喇叭,公社和大队有什么重要的事情都通过广播发布和传达。

听说大队要开社员大会,社员们都很高兴,这样不用做农活,生产队也给大家记工分。这天,青年男女都穿上漂亮的衣裳,妇女们拿着毛线织毛衣,还有的用针扎布鞋底,干这些私活是不允许的,但一千多个人聚合在一起,也没有谁管得住,所以大队干部只好睁一眼闭一眼了。

而孩子们在会场周围欢呼雀跃，全村的孩子都集中在一块，该有多么热闹啊！

主席台上拉着一条横幅，社员大会几个字非常醒目，社员们按生产队的位置就地而坐，有的找一块砖头作凳子，有的自带一把稻柴垫在屁股下面。开会前，大队民兵营、团支部，和我们小学校都要派人表演节目，一般民兵营表演"三句半"，团支部唱革命样板戏，而我们表演小品。有一次，我们几个学生表演的是《东郭先生》，学生干部蒋庆泉扮演东郭先生，而叫我扮演狼，最后叫我钻在布袋子里，他们真的把口袋用绳扎紧了，害得我差点透不过气。

开社员大会前，有大队干部振臂高呼毛主席语录，大家一起跟着呼喊，喊声惊天动地，比如"千万不要忘记阶级斗争！""下定决心，不怕牺牲，排除万难，争取更大的胜利！""全世界人民联合起来，打倒帝国主义！"

那时，我父亲是大队党支部书记。当父亲在主席台上慷慨激昂做报告时，我觉得父亲很伟大，心底里暗暗发誓："长大后，我也要做书记，要做到公社书记，总之要超过父亲。"由于父亲为官清廉，得到了全大队社员群众的信任，直至今天，村里还有群众对我说："你的父亲是好干部，一心为民啊，不像现在的村干部只想捞钱。"

有一次开社员大会，父亲在台上严厉批评了一个副队长，这个副队长想做队长，就指使他老婆去生产队晒场偷稻谷，然后将稻谷洒在队长家门口，栽赃队长盗窃生产队的粮食。父亲说，这种事情不是我们农民兄弟想得出来的，这个手段比地富反坏右还要坏。

后来，经大队党支部研究，撤销了这个人的副队长职务。

社员大会一年开不了几次，所以一般还是有较多内容的。比如请农技员上课，给大家讲解水稻栽培、治虫的知识；请各生产队的队长上台交流农副业生产情况等，台下的人很少讲话，都听得津津有味。

那时开社员大会，有一个内容是必须有的，即把地富反坏右架上台，接受贫下中农的批斗。学校经常推荐我上台发言，我的发言掷地有声，说得坏分子低下头来。

大会结束后，社员们一哄而散，有些男女青年会邀约着到田里摔跤，男青年中谁赢了，姑娘们在一旁欢呼。小伙子阿毛身强力壮，迎战邻队另一个人高马大的小青年，邻队有个姑娘对阿毛说："你摔不过我们这边的。"阿毛说："如果我赢，你嫁给我怎么样？"姑娘毫不示弱，说："如果你输，钻他的裤裆；如果你赢了，我答应嫁给你。"结果阿毛使出来吃奶的劲，硬是将对方压在身子底下，阿毛说："你服不服？"那个人高马大的小伙子说："心服口服。"阿毛站起身走到姑娘面前说："说话当真，你得嫁给我。"姑娘的脸红了，第二天媒人上门说亲，他们真的成了一对夫妻。

数年以后，大队部的广场建造了厂房，社员大会这种形式也结束了其历史使命。

我家的老房子

  我家的老房子是院堂（北方称四合院），当是建造于清代，怪不得我去周庄，看到沈厅，觉得好像在梦里来过，原来我家的老房子就像沈厅这般模样。据说我们蒋家以前是有钱人家，有很多田地与鱼塘，但不知为了一桩什么事与官府结怨，官府捏造了一桩命案加在蒋家头上，这样蒋家的田地与鱼塘都被赔光，后来只剩余一座院堂，到我祖父手里一亩田都没有了，祖父只好给有钱人做长工卖苦力了。

  那院堂的房子，祖父分得后院东面一间半，还有一只隔厢，西面一间半归其他人所有，前院三间房，其中当中一间是过道，东西各一间起先也是蒋家的，后来那蒋家后人不争气，赌博输了就把房子抵押给了一王姓人家。

  听父亲说，解放前，土匪胡肇汉隔三差五就会来船了浜，因为他的小老婆在这里，他到船了浜就选中我家院堂作办公厅，那些当兵的一到院堂就爬上屋顶，四面都架起机关枪，我父亲与姑妈当时只有五六岁，吓得在屋里大哭，这时胡肇汉就从口袋里摸出一把糖果来："小孩子，别哭，吃糖。"我的祖父就给他们烧水泡茶，半天不到，他们就走了，临走时会给我祖父一些银两，祖父不敢拿，他们就把钱丢在地上扬长而去。

听父亲说，60年代初，即三年困难时期，这院堂做起了生产队的食堂，在前院东边的那一间砌了一口三锅灶，整个生产队一百多号人都挤在院堂吃饭，有一次拥挤时，把里面一垛墙都挤倒了，幸好没有压倒人，经过这么一折腾，院堂伤痕累累。

我是1963年出生的，那时院堂已恢复了往日的平静。我家仍住东面一间半，后面住我父母，祖母住在正屋半间一角，东面一只隔厢由祖父居住。

院堂有一只小天井，下雨时有几只小乌龟爬来爬去，祖父对我们说："不要去抓它，它是疏通阴沟的，没有它，阴沟的水会流不出去。"所以，我们看见小乌龟都不去碰它，任它在天井快乐地爬来爬去。

院堂前院住着一户王姓人家，他们的祖籍是苏北，那王姓公公长着满脸的胡子，看上去很凶，我非常怕他，有时候我哭闹，母亲就说："王公公来了。"我听到王公公三个字就不哭了；有时忘记了哭出来，那王公公就大声地叫喊："你还哭，我用刀割你喉咙了。"吓得我赶紧噎住哭声。

在院堂正屋，除了我祖母摆了一张床铺，还摆放着一只石磨，那木架子吊在梁上，等到要牵磨时，才把木架子放下来，连接好石磨。祖母用手转石磨，而我与母亲拉磨，院堂里传出吱吱呀呀的声音。

有时晚上，生产队就在院堂召开社员大会，屋里点上几盏煤油灯，而这时院堂就格外热闹，孩子们在院堂外面追来追去，全然不知大人们生活的窘迫。

日子连着日子，虽说贫穷但却井然有序。

那王姓人家在门口养了一只黑狗，它看见我就摇尾巴，看见陌生人就吼叫，它生了十几只小狗，我时常抱小狗玩。王公公的儿子结婚了，四合院摆起了几桌酒席。那时我有六七岁了，我把一节小爆竹结在狗尾巴上，用火柴点燃小爆竹，再把狗赶到桌子底下，那爆竹声骤然响起，吓得喝酒的人都大呼小叫的，而我在旁边偷着乐。

祖父一人住东厢房，四面墙上都挂满了他编织的草鞋，像一道风景线让老屋生辉。祖父不识一字，但他有自己记工分的方法，他在墙上划了许多杠杠，一根杠表示劳动一天，结算时让我哥哥帮他点数。祖父在东厢房另立灶头做饭的，有一次我和弟弟放学后，从窗户里爬到他的屋里，偷吃了他的半条红烧鱼，吃了将鱼翻个身。傍晚，祖父回家很快发现了，而他竟笑着对我们说："有馋猫吃过的鱼，你们要不要吃啊？"我和弟弟相视一笑，干脆过去将红烧鱼吃了个碗底朝天。

到了1970年，几家人合议下来将院堂拆了，父母亲在原地建造了四间平屋，父亲说："东面两间是炳元的，西面两间给坤元的。"炳元是我哥哥，后来这四间平屋都给了我哥哥。

院堂拆下来的老式花窗都烧饭烧掉了，只有一块长方形的石条与西面人家一分为二，上面拆下来的老木头有用来做饭桶与马桶的，其他则不知了去向。

直至今天，我还记得院堂墙上挂着的毛主席像，好象是毛主席去安源，拿着一把伞的那张，这幅画刻在我心里，成了不磨灭的雕塑。

倘若这院堂不拆，也真能算渭塘的一处文物了，想想觉得挺可惜。

沉重的河泥

在我五六岁时,父母亲一大早就摇船去外荡河里罱河泥,我哭着闹着要跟到船上去,父母说了许多好话都没用,这时邻居姐姐跑过来,抱住我说:"你不哭,我去斩甜粟粳给你吃。"在姐姐的怀抱里,我很快就不哭了。

那时,父母亲去罱河泥,清晨出去,到傍晚才能回家,一天要罱七八船河泥,真是累得精疲力尽,回到家晚饭也就喝几碗薄粥,日子过得相当艰难。

那时,农村都是一个样,一个字"穷"。

我从小就知道罱河泥。且一直觉得罱河泥是男人力量的象征,吃不了苦的人,没有力量的人,是断然罱不了河泥的。那时,乡下年轻男人都要学会罱泥,若不会这种活,会被人耻笑,怕连老婆也难找。

冬天很冷,田间的活少了,庄稼冬眠了,也就是罱河泥的季节了,除了雨天,其他日子都要摇船出去。罱河泥大都是夫妻档,男人在船头将网竿插入河中,那网竿是用粗竹子做的,网竿沾有水滴,冰冷钻心,他用足牛劲将一网河泥拉出水面,甩到船舱里,女人在船梢拼命撑木橹,不让船身失重,她连呼吸都调得很匀,不出粗气,心甘情愿当好男人的绿叶,干了一会儿,他们就脱去外套,累得都出汗了。一天下来,身子骨就像散了架,一到床上就呼呼睡着了。如果运气好的话,罱河泥有时还能罱起甲鱼、黑鱼的,那女人就会高兴得在船上跳起来,如果运气再好的话,会碰到鲤鱼、鲢鱼往你船舱里跳。

队长派我去"添浪头",就是将河泥与柴草搅拌。干这个活,我挺高兴的,因为常常可以发现小鱼虾,我眼疾手快,把小鱼虾捞到预先准备好的小木桶里,小木桶里装了水,看见小鱼虾在里面游来游去,我就忘记了劳动的艰辛。

最累的是罱河泥,一勺子一勺子将船里的河泥泼到河边的潭里,在寒冷和空旷的季节,他们唱着一支力量的歌。我非常佩服他们,有一次我问罱河泥夫妻:"罱河泥吃力么?"男的说:"人的力气用不完,吃碗饭、睡个觉,气力又有啦!。"女的说:"人累过了,就晓得啥格舒服了!"

还有"翻潭"也很累人,就是将泥潭里的河泥翻个身。每一块田都有一只泥潭,方方正正,很深的。"翻潭"都是在冬季进行的,男人们将河边潭的河泥挑到田间的潭里,而"翻潭"的任务则落到妇女肩上。她们高呼:"妇女能顶半边天",那么冷的天,赤着脚,穿着薄薄的衬衫,可见劳动的场面有多热烈。听说当时发生过这样一件事,有公社干部来田头参观,妇女队长说:"姐妹们,我们不能为集体拖后腿,现在我们赤膊'翻潭',大家快点脱衣服。"十几位妇女马上将上身的衣服脱得一干二净,挥起耙子翻泥了,而几个姑娘你看我,我看你,都没脱衣服,妇女队长说:"那你们几个解开几颗钮扣总行吧。"公社干部一行来参观了,看着一群妇女光着身子在"翻潭",公社主任握住妇女队长的手说:"你们是学大寨的先进分子,你们的事迹要在全公社推广。"这不是瞎编的,是真人真事,一些老人都还记忆犹新哩。

说起挑河泥，我就想起了老祖父。祖父年轻时给地主做过长工，有的是力气，百把斤的石锁举起来能在头顶飞转。尽管他老了，还是看不惯一些人投机取巧，出工不出力。有一次，看见一个小伙子的筐子装了一点点河泥，竟然煞有介事地还叫着劳动号子，老祖父看不下去了，当面指责他："你就挑这点河泥？我拔根汗毛还比你挑得多哩。"

苦草

以前，乡下妇女生小囡都是找接生婆，乡下生活苦，农民收入少，孕妇上医院都拿不出钱来。孕妇临产前，接生婆拎着一只包裹就来了，那包裹很简单，就是一块青布，一把剪子，还有一团棉花，一瓶紫药水。

我七八岁时，新婶婶生头胎，我和几个小孩围在门口看热闹。接生婆说："你们走开啊，人家生小囡有啥好看的。"我们都没有走开的意思，这时新婶婶的婆婆对我们说："你们快点走开，现在这里都是鬼，鬼要捉小孩子的。"听说有鬼，我们几个小孩子吓得逃走了。

由于接生条件差，所以那时有孕妇与新生婴儿死亡的事是经常发生的，乡下人形容生小孩是过"鬼门关"，一点也不错。如果遇上孕妇难产，接生婆也没招，只能听天由命了。

幸好，那次新婶婶生产蛮顺利，一个多小时后婴儿就呱呱落地。这时，我们都去看新生婴儿，那婆婆笑得合不拢嘴，她添了一个大胖孙子，也就不赶我们小孩子走了。我们看到床旁有一脚盆血水，叔叔拿了一把铁锹，端着这一脚盆血水到田野里去了，他要把这些东西掩埋掉。

接生婆衣服上有许多血渍，但她全然不顾，兴致勃勃关照新婶婶："你要连吃一个月苦草，不要怕苦，闭闭眼睛一口喝干就是了。"

那婆婆开始忙碌起来，她给新婶婶煮了两只水煮蛋，上面放了几片葱花，香气飘逸。

"等会儿就要吃苦草了。"婆婆说。

在接生婆没来之前，婆婆已将苦草从梁上摘下来，在河边逐一洗净，然后生了一只煤炉将苦草放在砂锅中煮，几个小时候后那苦草煎得像酱油一样又黑又浓。婆婆用白纱布将苦草过滤干净，药汤盛了满满的一大碗，等有点凉了，便端着来到媳妇床前，关切地说："不烫了，一口喝干吧。"

婆婆不知道苦草两个字怎么写，但产妇生了孩子后吃苦草是祖上传下来的。所以，婆婆早早地就到田野里割了许多苦草，晒干，并用草绳捆牢吊在木梁上吹风。

苦草性味苦寒，有清热解毒，舒肝利胆之功效。

母亲生我也是在家请接生婆来的，也是喝苦草药的。

母亲真是苦得要命，生我的那天还在水田里插秧。

当时，父亲是渭塘公社永昌大队副书记，因为个子高，社员们都叫他长蒋。那天下午3点多，父亲领着一帮生产队队长参观插秧，经过村口时闻到了一股煎苦草的味道，父亲还不知道正是母亲生孩子了。这时，村里人喊住他，说你又添了一个儿子，母子平安，你快回家看看吧。父亲这才转身往家里跑，还在田埂上摔了一跤，弄了一身烂泥。

母亲生我后，第7天就下地劳动了，让她因此落下个关节炎。

如今孕妇生产都到城里医院了，而苦草也用不着了，日子是越过越好了！

拖拉机手

　　拖拉机手，农民们称之为机耕手，是生产队的重要角色，不是每一个庄稼人都可以做拖拉机手的，起码要符合三个基本条件，一是身强力壮，手脚灵敏；二是有点文化基础，最好懂点拖拉机知识；三是吃得起苦，不做逃兵。

　　我小时候，耕地都是水牛拉犁，耕地人累死累活，牛紧赶慢赶，一天下来也只能耕两至三亩地，可见当时农业生产的水平有几多落后。

　　拖拉机耕地的出现，大约是20世纪70年代初。

　　你看，拖拉机有五六把铁犁，相当于水牛跑五次，跑的速度更是水牛无法企及的。拖拉机时代的到来，结束了千百年来水牛耕地的历史。

　　那时候，活跃在田野上的拖拉机是一道亮丽的风景线。

　　一到秋天，庄稼收割了，田野里一片空旷，这时拖拉机开进了田野，顿时响起了轰隆隆的耕作声。悬挂的犁铧深深地插进土里，把底下的土翻到上面来，把上面的土压到下面去。野草根经过一个冬天就烂成了有机肥料，且土质会变得特别疏松，有利于下一年耕种。

小时候，我很崇拜小叔，因为他是拖拉机手。天不亮，他就提着一桶柴油去生产队仓库，然后发动拖拉机，将它开到田里耕地。有时候我去看小叔开拖拉机，他就把我抱在拖拉机后面的座位上，他自己则扶着手柄跟着拖拉机跑，能够坐在拖拉机上也是我小时候的一件非常快乐的事。

拖拉机在田里跑得好好的，突然哑了，轮子不转了，小叔皱起眉头，一时又查不出毛病，年轻的小叔急得眼泪都下来了。他急忙跑到大队部，请来修机器的师傅帮忙查看，师傅拆装零件时，小叔聚精会神地盯着，不耻下问，当拖拉机又突突突叫起来时，小叔喜形于色。

一个秋季忙下来，小叔强壮的身子瘦掉了10斤，因为白天黑夜连续作战，又没有好粥好饭吃啊！所以，有的庄稼人不舍得让自己的儿子做拖拉机手。

说起拖拉机手，隔壁生产队的阿菊婶婶对我说，那时候她们队里的水田耕得细作，插秧好插，原来那个拖拉机手是大队派下来的，而他的对象正好是这个生产队的姑娘。

他开着拖拉机在水田里打田，犁铧飞转，泥浆四溅，这边就有妇女喊道："小伙子，地打得不烂，你别想讨我们的姑娘过去。"

还有妇女喊："你耕得地好，农忙过后，就来娶吧。"

拖拉机哗啦啦地叫，妇女们此起彼伏地说笑，可以想象这是一片多么美丽的田野啊！

文艺宣传队

"文革"时流行样板戏，京剧《沙家浜》让阳澄湖走向千家万户。

当时，公社有一支文艺宣传队，由十几个青年男女组成，有的会拉琴，有的会唱歌。这支文艺宣传队经常送戏下乡，很受基层欢迎。

小岗是高中生，毕业后做了大队团支部书记，大队书记有意培养他做接班人，社员们觉得以后大队书记肯定非他莫属。由于他会拉胡琴吹口哨，公社调他到文艺宣传队，他二话没说，服从了组织安排。

到了文艺宣传队，十几个青年男女泡在一块说说笑笑，故事由此而生。

一天夜里，文艺宣传队在邻乡演出，当夜就住在公社招待所，小岗约女青年小花到外面走走。他俩漫无边际走着，走到一个村口，四处漆黑，突然有一只狗大叫起来，小花惊叫一声扑倒在小岗怀里，他拉着她的手，飞快地跑到有灯的地方。

"你真好，我要嫁给你。"小花说，小岗不知如何回答。因为小岗已有女朋友了，小花应该知道这个情况。

"我偏要嫁给你。"小花开始撒娇。

"可我已和她吃了定亲饭，回掉她比较吃力。"小岗老实说。

"这个你自己想办法，反正我爱你！"小花说这话的时候，眼睛里泪水在闪。

不久，小岗与女朋友解除了婚约，女朋友哭天抹泪，村里人都说小岗是个陈世美。大家以为小岗和小花从此会步入婚姻殿堂的，没想到公社推荐小岗上工农兵大学，又将这一对恋人分开了。

"我支持你上大学！"小花说。

"等我大学毕业，我们就结婚！"小岗信誓旦旦。

后来有消息传出，说小岗在大学又在谈恋爱了，小花知道后哭红了眼睛，但眼泪挽救不了爱情，这一场风花雪月的恋情终告终结，一气之下，小花嫁到外地去了。

记得1980年11月22日夜，我去参军了，当夜就住在公社礼堂里。晚上，公社文艺宣传队为我们新兵表演了节目，可以说，我是带着父老乡亲的重托，带着文艺宣传队的欢声笑语离开家乡，去了远方……

前几日，与一位50岁开外的老板娘喝酒，她清唱了几首沪剧，赢得在场人的一致称赞，一打听，她当年就是公社文艺宣传队的队员，真有恍如隔世之感。

民兵突击队

我的印象里，民兵突击队是很厉害的角色。"文化大革命"中，斗争地富反坏右，他们总是冲锋在前。

我七八岁时，亲眼看见一群民兵押解着几个地主坏分子游街，那些坏分子都戴着高帽子，是用硬纸张做的。在12生产队，有个老农民操起木棍抽打坏分子，那些坏分子痛得在地上打滚，而民兵们在旁边哈哈大笑。

这是民兵给我的最初印象。

后来，我家所在的船了浜村庄被洪水淹没，民兵突击队十几个队员与大队的党员团员们，日夜奋战在堤坝上，经过连续七天的苦干，终于筑好堤坝，并将洪水排出村庄，使村庄转危为安。这时我觉得，危急时刻民兵突击队和作用还是不可忽视的。

记得1971年9月的一天，湘城河东街发生了解放以来首起杀人案，张琴母子俩人被害，凶犯浦某在逃，当时吴县广播站呼吁民兵突击队协助抓捕凶犯。我跟着他们，也拿着菜刀在村庄、河边、田头寻找凶犯，民兵营营长对我说："如果你发现坏人，要迅速报告我们，不要盲目冲上去，那样等于去送性命。"连续几天，我跟着民兵突击队一起行动，直到凶犯在无锡被抓获才解除警戒。

那时我觉得我也是一个基干民兵。

还记得小时候，每年都会由乡里组织民兵训练。有一次，民兵在路神墩进行实弹射击训练，我躲在他们身后观看。冷不丁地我拉着民兵营营长的衣服说："叔叔，让我打一枪吧。"民兵营营长说："你还小，等你长大后，加入了民兵突击队，就可以进行实弹射击了。"

我渴望自己长大，那样我可以有资格打枪了。

那时，村里的年轻人都愿意参加民兵训练，一则可以到外面见世面，二则年轻男女在一块也是非常有劲的一件事。

我没有轮到过民兵训练，但苏州七子山训练场地，我跟着父亲去看过，四周都是高高的山，还有荒凉的坟墓，野草丛生，民兵们就住在临时搭建的帐蓬里，像军营一样正规化训练，只是夜里可以自由活动。

暗渠道

如果你是在农村长大的，你应该知道何为暗渠道？

这是七八十年代农村的杰作，当时吴县各地都在田间建设暗渠道，原来的渠道是敞开式的，记得小时候，到了夏天，就在渠道里游泳，还捉鱼，将一口网布在渠道出口处，那鱼就自投罗网了。

渠道是农村灌溉系统的网络，它与排灌站连接一起，将河水灌溉到水稻田里。

所以，渠道是水稻的生命线。

那时候，父亲带领大家建造暗渠道。有一天，父亲与几个农民摇船去装运水泥管，那水泥管又粗又大，要几个人才扛得动，后来大家想出了办法，即将水泥管在地上翻滚，而不用肩扛，不料父亲的左脚在船上被水泥管压到了，顿时血流如注，经医院诊断为粉碎性骨折，父亲在床上躺了一个多月不能动弹。

就是这个暗渠道，险些要了我的小命。

有一天，我与几个小伙伴在暗渠道里钻来钻去，开始玩耍时暗渠道是没水的，但意外出现了，突然一股河水在奔腾而来，我们几个小孩都在暗渠道里，来不及逃出来，幸好那水没有放满，水泥管上端有空隙，我们就在暗渠道里仰面朝天，十几分钟后，随水冲到了敞开的渠道，使我们重见天日，从那以后我们都不敢去钻暗渠道了。

现在已有很少人知道了，从渭南排灌站到渭南大桥的马路下面，就是一条暗渠道，那粗粗的水泥管像一条长龙被埋在地下，也许这条路是坑坑洼洼，但它毕竟是建造在暗渠道上面，不知道这条暗渠道还在使用否？

前几天，我在渭塘镇西湖村拍到一个暗渠道的出口，已是断垣残壁了，但它有好几百米长，那上面覆盖着一层土，不仔细察看，谁能想到下面是暗渠道呢。

那土地上面青菜长得良好。

我建议有关方面保护好这些设施，它是当年农村生产方式的一个佐证。